スミレはカヲル

椎名ゆき

文芸社

もくじ

スミレはカヲル

序章

胆管がんの宣告を受けた。ステージ４。余命は半年。

桂木《かつらぎ》カヲルは冷静だった。取り乱してはいない。むしろ落ち着いている。誰にも言うまい、と心に決めた。

いつ死んだっていい。そう思いながら、七十五歳になるきょうまで生きてきた。ちょうどいいタイミングじゃないの。カヲルは胸の中でつぶやく。

「抗がん剤治療は点滴で週に一度。院内にある化学療法センターで行います」

主治医は淡々と話した。ホテルのフロントマンが施設案内をするみたいに。銀縁の眼鏡の奥の瞳に、まだ学生のような初々しさが残っている。わたしにもこんな年恰好の孫がいたのかもしれない。賢一郎《けんいちろう》が生きていれば、だけれど。

抗がん剤治療を受ける手続きをした。いつ死んでもいい、と思っていたのに、目の前に蜘蛛の糸が下りてくるとやっぱり掴まりたくなる。なんという体たらく。カヲルは肩をすくめた。

市民病院は、最近建て替えられて、都心にある高層ホテルのように立派になった。一階のロビーに下りると、大きな天窓からさんさんと日射しが届いていた。あふれる光の中で白と黒のソファが市松模様を作っている。会計の順番を待っている人々は、カヲルのような老人が一番多かった。でも作業服姿の男性やミニスカートをはいた若い女の子、母親に連れられた子供もいた。この中にも、余命宣告を受けた人がいるかもしれない。人間なんて皆、蜻蛉のように儚い存在だ。ロビーの片隅に置かれた自動ピアノが、軽快なメロディを奏でている。吹き抜けの二階にあるコーヒーショップから、焙煎した豆の香ばしい香りが届く。すべてが妙にアンバランスだ。

正面玄関を出た。八月の太陽が、カヲルめがけて白い光の矢を放つ。目の前に入院病棟のビルディングがそびえていた。白い壁が、太陽の光を反射させていっそう眩しく輝いている。カヲルにはそれが、龍か大蛇のように見えて、思わず立ちすくむ。呑み込まれたら最後、一気に青空高く連れて行かれそうだ。賢一郎が運び込まれた時の病棟は、薄汚くて狭かった。院内は昼間でもほの暗く、どこもかしこも消毒薬の臭いが充満していた。

あの日の記憶と共にカヲルの脳裏に鮮やかな紫色の花がよみがえる。スミレの花だ。スミレが薄暗い病院の裏庭で、コンクリートの壁にへばりつくようにして咲いていた。カヲルの小指の爪よりもちいさな花だった。なんという力強さ。スミレはあの時、カヲルを励ますように、寄り添うように、濃い香りを放っていた。

バス停に向かう途中で、ベビーカーを押す若い母親とすれ違った。

「あぶぶぶ」

赤ん坊がカヲルに話しかけるように、かわいらしい声を上げた。カヲルはベビーカーをのぞき込んで、息を呑んだ。ケンちゃん? まさか。赤ん坊は、生まれて間もない頃の賢一郎の顔にそっくりだった。

カヲルは急にめまいを感じた。しゃんとなさい。カヲルは自分を叱ったけれど、両膝から力が抜けた。口の中がカラカラに渇いている。バス停の前でアスファルトにうずくまった。セミの抜け殻みたいに、心も体もからっぽのがらんどうだ。

ケンちゃんともうすぐ会える。からっぽの頭の中でそれだけを思った。

一

土曜日のショッピングモールは家族連れやカップルでにぎわっている。

マナトは、きょうも自転車を漕いで、このショッピングモールにやって来た。二学期の中間テストが近づいていた。でも、うちに一人でいてもまったく勉強する気にはならない。つい、モールに足が向く。

モールの明るい照明や、行きかう人々、店先に並んだ流行りの服やスニーカー、ゲームセンターの電子音は、どれもこれも、きらきらでピカピカだ。一人ぼっちでも、誰とも話さなくても、ここの雑踏と光や音の渦の中にいるだけで、マナトはなぜかホッとする。

マナトはフードコートの一番奥にあるカウンターの端っこに腰かけて、チーズバーガーをほおばった。席を決める時に、周りをさっと見回して、知った顔がいないかを確かめた。たとえば、同じマンションのおばさんや幼馴染の有里《ゆり》に会うと、いろいろ詮索される。面倒くさい。挙句に同情されるなんて、まっぴら御免だ。

でもそれ以上に、中学校で同じクラスのヨシキとその仲間連中には、絶対に会いたくない。

この前鉢合わせた時は、なけなしのお小遣いでジュースをおごらされた。今のところ、マナトはいじめのターゲットにはなっていなかった。でも、ヨシキたちとはなるべく距離を置きたい。何度もおごらされる羽目になれば、完全に奴らのカモになってしまう。

マナトがチーズバーガーセットを食べ終えて、トレーを手に立ち上がった時だった。

「よう、マナト」

ヨシキだった。後ろにはリョウとシンヤが控えていた。

「ボッチ飯、いいっすねえ」

マナトは自分の不運を呪ったけれど、もう遅い。

「ジュースおごってえ」

ヨシキが、おねだりをする子供みたいに甲高い声を出した。

「それよかアイスの方がよくね？」

シンヤがマナトの前に立ちはだかった。口元は笑っていたけれど、ふたつの細い目がねばついた視線を送ってきた。

「マナトちゃーん」

リョウがマナトの肩に抱きつくように腕を掛けてきた。逃がさないぞ、という威圧感があった。

その時だった。いきなりマナトの背後から声が飛んできた。

「マナトじゃないの」

小柄なおばあちゃんだった。知らない人だ。濃い紫色のスカーフをターバンみたいに頭に巻いて、首元でひらひらさせている。

——この人、何者？

マナトはぽかんとしておばあちゃんを見た。

こんな風にスカーフを巻いた外国の人を、テレビのニュースで見た気がする。モールのフードコートの中では明らかに浮きまくっていた。

「ちょっと、あなた、探したじゃないの」

おばあちゃんはさらに畳みかけるように言いつのった。そのままマナトの腕を引っ張って、フードコートの外まで出た。おばあちゃんなのになかなかの腕力だ。マナトが後ろを振り返ると、唖然として立ち尽くすヨシキたちの姿が見えた。

おばあちゃんはマナトの腕をつかんだまま、フードコートを出てエスカレーターで一つ上の階へ上がった。老人とは思えない早歩きで、マナトをぐいぐいと引っ張っていく。おばあちゃんの首元で紫色のスカーフがはためいた。賑わうキッズコーナーのベンチに空席があった。

「あー、疲れた」

おばあちゃんはまず自分が腰を下ろし、その隣にマナトを坐らせた。

「見た？　わたしたちを見送る時のあの子たちの顔」

おばあちゃんは手を口に当てて、クックッと笑った。

「まさに、トンビに油揚げをさらわれたって顔だったわね」

おばあちゃんは、またクックッと笑った。

「あの……」

変なおばあちゃんだ。マナトは、上目遣いにおばあちゃんを見つめた。

「マナト君、だったわね。あの子たちが何度もそう呼んでいたもの。わたし、まだ耳はちゃんと聞こえているのよ」

おばあちゃんは、そう言って胸を張った。

聞こえたからって、知り合いのふりをして名前を呼ぶなんて。ありえないだろ、普通は。マナトは、すぐにでもこの場を離れたくなった。

「マナト君、いつも土曜日のお昼にフードコートにいるでしょ」

おばあちゃんはマナトがそわそわしていても、まったく気にしていない。昔からの友達と話しているみたいに、喋り続ける。マナトは立ち去るタイミングを失った。

「先週も、あの子たちにジュースをおごらされていたじゃない」

うわ、見られていた。マナトは恥ずかしくなって、頬をかっと赤らめた。

「ああいう子たちとは関わっちゃダメ」

おばあちゃんはきっぱりと言った。

——えっ、何で？　このおばあちゃんは、僕をヨシキたちのタカリから助けようとしてくれたの？　これって、いわゆる世話焼きのお節介？

「はい。ありがとうございました」

マナトは一応お礼を言った。礼儀正しくしなさい、という言葉がお母さんの口癖だったから。

「わたしもね、週末はたいていここに来るの。なんかこのざわざわした人込みに紛れているとホッとするのよねえ」

おばあちゃんはそう言って、目じりに深いシワを寄せた。その顔は、笑いたいようにも、泣きたいようにも見えた。

「これからもよろしくね」

おばあちゃんの声は、ゆったりとしていて、やわらかい毛布に包まれるようなあたたかさがあった。マナトは思わずうなずいてしまった。

「わたしの名前はカヲル。カヲルのヲは、ワヰウヱヲのヲよ。そんなことはどうでもいっか」

カヲルが、また顔をくしゃくしゃにして笑った。マナトもつられてにっこりとした。

カヲルは「さてと」と言って立ち上がった。華奢《きゃしゃ》な体に斜め掛けにしたかばんに手を突っ込む。かばんもスカーフと同じ紫色だった。カヲルは、取り出した拳をマナトに差し出した。

「じゃあまたね、マナト君」

マナトの手のひらの上に、薄紙に包まれたちいさなキャラメルがのっていた。カヲル、と名乗ったおばあちゃんはそのまま風のように立ち去ってしまった。紫色のスカーフがひらひらと揺れながら遠ざかった。

二

マナトの家《うち》は、マンションの三階にある。鍵で玄関ドアを開けると、わざと大きな声を出した。

「ただいま」

誰も返事はしない。最近は、出掛ける時に玄関と居間の電灯を点けておく。ドアを開けた時に家の中が真っ暗だと、寂しくて泣きたくなる。

リュックの中で、スマホの着信音が短く鳴った。

『マナト、夕食は冷凍のグラタンか、レトルトカレーで済ませてくれ。すまん。残業になった』

お父さんだ。まあ、想定内だ。マナトはすかさず『了解』と打って、ウサギが元気よく敬礼しているスタンプを同時に送る。

父・雅彦《まさひこ》の仕事は、日曜と月曜が休みだ。だからマナトは、土曜日の夜八時過ぎまでは一人で過ごす。お母さんやリクトに会いたくてたまらなくなるけれど、じっと我慢する。それを口にすれば、お父さんが唇をゆがめると知っているから。

キッチンの戸棚から、レトルトカレーの箱とレンジで温めるご飯を取り出す。お父さんは今夜もたぶん九時過ぎだな。お客さんとお酒を飲んでくる日はもっと遅い。マナトは毎晩、お父さんが帰ってくるまでは寝ないで待っている。

お父さんは無口だ。マナトと二人きりの生活になってからは、いっそう喋らなくなった。「おはよう」と「おやすみなさい」だけしか会話がない日もある。それでもマナトはお父さんの帰りを毎晩待つ。テレビはつまらないから、ネットゲームかユーチューブで時間をつぶす。

『今夜もゲームし放題』

幼馴染の有里にメールを送った。

『こっちはゲームオーバー。食事中もママが勉強しろってウルサイ』

ウサギがバットを持って仁王立ちしているスタンプが返ってきた。マナトはじっと有里のメールを見つめる。画面から有里と家族のにぎやかな会話が聞こえてきそうだった。マナトは静まり返った部屋のソファに坐って耳を澄ませた。

電子レンジがチンと鳴って、カレーとご飯が温まった。マナトは手慣れた動作で盆に載せると、リビングのテーブルに運んだ。ここなら、お母さんとリクトの写真を見ながら食べられる。

リビングの隅っこに置かれた棚の上にコンパクトな仏壇があった。二人は、そこからマナトに向かって笑いかけていた。
夕ご飯を食べながら、マナトはお母さんとリクトにその日の出来事を報告する。きょうのトップニュースは、何といってもあのおばあちゃん、カヲル、に会ったことだ。あの人の図々しさにはちょっと引くよな。でも助けてくれたのだから文句は言えない。マナトはジーンズのポケットに手を突っ込んで、ちいさな包みを取り出した。別れ際にカヲルがくれたキャラメルだ。一粒のちいさな塊を、そっとリクトの写真の前に置いた。

三

夜の七時を過ぎると、食品売り場のお弁当には一斉に『半額』のシールが貼り付けられる。きょうはカヲルが好きな豆腐料理屋の高級弁当が半額の三百四十円になっていた。カヲルはもちろん年金暮らしだ。日ごろから生活費はできるかぎり抑えている。でも半額なら買える。カヲルは迷わず店内用バスケットに弁当を入れた。当たりくじを引いたみたいにうれしかった。

がんを告知され、余命を宣告されたけれど、まだ食欲はある。それもうれしくなった理由のひとつかもしれない。

地下鉄の駅を降りてからカヲルのアパートまで歩いて十分くらいだ。きょうは牛乳やお米も買ったので、ショッピングバッグが肩に食い込む。夏の終わりのなま暖かい風がカヲルの頬をなでた。風に乗って、炒め物やカレーの匂いが鼻先まで届く。どの家の窓からも、あたたかな光が漏れていた。一人暮らしを何十年と続けているカヲルだけれど、黄昏時はいまだに苦手だ。

「それにしても」

カヲルはきょう、モールで出会ったマナトを思い出す。中学一年生だと言っていた。ふっくらとした色白の顔は、はにかんで微笑むと、まだ小学生のようなあどけなさが漂っていた。

「一人ぼっちでお昼ご飯？　お休みの日だっていうのに」

わたしのような独居老人じゃあるまいし。その上、あのいじめっ子たちときたら。カヲルは眉をひそめる。モールでよく見かける顔ぶれだった。来週もマナトにたかろうとするかもしれない。

「あんたたちの餌食にはさせないわよ」

胸の中で、息子の賢一郎の顔を思い浮かべる。ショッピングバッグを肩にかけ直した。両足に力を入れて、アスファルトの道を踏みしめる。

四

次の土曜日、マナトはまたフードコートに行った。はたしてカヲルは、入り口近くの席を陣取って、関所の番人みたいにあたりに目を光らせていた。きょうはピンク色のスカーフを巻いている。ざわめくフードコートのぼやっとした空気の中で、鮮やかなピンク色はひときわ目立っていた。マナトを見つけると「こっち、こっち」と大きく手を振った。待ち合わせていたわけでもないのに。

「ねえ、トンちゃんとアブちゃんってどうかしら」

カヲルはマナトを自分のテーブルに引っ張り込むと、いきなりそう言った。でも、マナトにはさっぱり言葉の意味が分からなかった。

「ほら、わたしがとんびのトンちゃん。マナト君が油揚げのアブちゃん」

どうやらお互いの呼び名の話らしい。そういえば、トンビに油揚げをどうとか、言っていたな。でも、アブちゃんって、どうなんだよ。ダサすぎる。

マナトが返事に困っていると、向こうからリョウが歩いてきた。リョウは小柄だ。でも纏っている雰囲気が、ヨシキたちのグループの中で一番大人っぽかった。真っ黒なジャージの上下を着ているせいなのか、前髪を掻き上げる仕草のせいなのか。周りにヨシキたちの姿は見えなかった。

「あら、きょうは一人なの」

マナトはびっくりしてカヲルを見た。なんでだよ、なんでリョウを呼び止めたりするんだよ。

「えっ」

リョウは、カヲルとマナトを見てぎょっとした。

「アイスクリーム、一緒にどう。おごるわよ」

カヲルはにこにこ顔で、スカーフの裾をひらひらと振った。リョウは魔女に魔法を掛けられたカラスみたいに固まってしまった。

「は？　訳分かんね」

一拍の間をおいて、リョウが怒ったような声で言った。

「遠慮しなくていいのよ。さあ、行きましょ」

不機嫌そうな表情を顔に貼り付けながらも、リョウは一緒について来た。信じられない。マナトは今、カヲル、リョウと三人で一つのテーブルを囲んで、アイスクリームを食べているのだ。マナトは落ち着かなかった。いや、マナト以上にリョウはもっと居心地が悪そうだった。リョウは絶対に断ると思ったのに。でもカヲルには、こういう時に有無を言わせない不思議な力があった。

黙々とアイスクリームを食べるマナトとリョウとは対照的に、カヲルははしゃぎ声を上げた。

「おっきな苺が丸ごと入ってる！」

カヲルはアイスクリームを手に、女子中学生みたいな嬌声を上げた。

「アブちゃんのアイス、きれいな色ねえ。絵の具みたい」

絵の具？　食べ物なんだからさ、そのたとえはまずいんじゃない。と思ったけれど、マナトはもちろん言葉にも顔にも出さない。お母さんの教え通り、礼儀正しくしなければ。

「レモンミントだよ」

パステル調の黄色と緑色の配色がきれいなフレーバーは、お母さんのお気に入りだった。思い出すと、胸の奥がチクリと痛む。カヲルと目が合った。マナトをみつめて、うなずいた。マナトは胸の中を見透かされたようでドキッとした。

リョウが小馬鹿にしたような笑いを浮かべた。

「アブちゃん？　それ誰だよ」

「いいでしょ、わたしが付けたニックネームなの」

カヲルは自慢げに顎を上げた。それからリョウの手元に目線を移す。

「君のアイスは難しい名前だったわね。えーっと」

リョウは知らん顔でアイスクリームを舐め続けていた。

「もったいぶらないで教えてよ」

カヲルはもう一度聞いた。リョウの不愛想な態度など意にも介していない。

「ロッキーロード」

リョウが早口で答えた。

「えっ？　ロッキー、なんですって？」

リョウは眉毛をわずかに持ち上げただけだ。もう一度繰り返す気はなさそうだった。

「まあいいわ、君の呼び名はロッキーにしましょう」

カヲルは一人でうんうんとうなずいている。リョウはむっつりと黙り込んでいた。

アイスクリームはあっという間に三人の胃袋に溶け込んだ。

「ああ、おいしかった」

カヲルは丸めたコーンの包み紙を握りしめて、満足げにため息をついた。

「ここのアイス、ずっと気になっていたのよ」

カヲルはアイスクリームの店の前に並ぶ若者の行列を眺めた。

「若い人たちの中に交ざって並ぶのは案外勇気がいるのよね」

そう言って薄い唇から赤い舌をぺろりと出した。

「付き合ってくれてありがと」

マナトとリョウに向かって、にっこりと笑いかけた。

「こ、こちらこそごちそうさまでした」

マナトがあわてて頭を下げた。

「後になって無理やりおごらされたなんて、言うなよな」

リョウが憎まれ口を叩いた。

「まあ、ロッキーったら。わたし、まだここはボケていませんよ」

カヲルは、人差し指でこめかみをトントンとたたきながら笑った。

「マジか」

「マジだってば。マジにマジマジよお」

カヲルはリョウの言葉を真似ようとして、マジを連発した。

「なに、それ。マジでムサいノリ」

リョウがとうとう笑い出した。にらめっこをしていて、こらえきれずに笑い出した時の子供みたいだった。

「マジでイケてない」

マナトもつられて笑い出す。

「やっぱりすぐにマジマジ言うじゃないの、あなたたち」

カヲルは笑ったせいで涙に濡れた目じりを指で拭った。

「あー、楽しかった。きょうはいい日だったわあ」

「アイスクリーム、おいしかったな」

マナトがほっとしたように顔をほころばせた。カヲルがリョウに声を掛けた時はどうなることかと思ったけれど。

「ま、そこそこ、な」

リョウは目を伏せたまま前髪を掻き上げた。

「はい、これ」

カヲルは両手を差し出すと、マナトとリョウの手のひらにキャラメルを一粒ずつ握らせた。

「またか」

マナトが肩をすくめた。

「マジかよ。ガキじゃあるまいし」

リョウは手のひらに置かれたキャラメルを見つめてつぶやいた。

「心の栄養にはキャラメルが一番。たちまち元気になれるわよ」

カヲルは両手を広げてバイバイと手を振った。鮮やかなピンク色のスカーフが人込みに紛れて遠ざかった。

五

　リョウは市営住宅の駐輪場に自転車を停めた。築五十年くらい経つ団地だ。リョウの家《うち》は二階にある。所々ひび割れがあるコンクリートの階段を、わざとゆっくりと上がった。家へ帰るのはいつだって気が重い。

　玄関ドアを開けた途端、強いアルコールの臭いが鼻をついた。母さんは、また昼間からお酒を飲んでいるようだ。

「リョウ？」

　案の定、母さんの息は酒臭かった。

「あんたさあ、そこのコンビニで酎ハイ買って来てくんない」

「禁酒中だろ」

　リョウは母さんの手から酎ハイの缶を取り上げた。テーブルの上にも空の缶が転がっていた。リョウはがっかりした。先週、母さんはアルコール依存症の患者の会に行った。そこでお酒を止めると決心したばかりだ。それなのに。

「たまにはいいじゃないの。ねえ、リョウちゃーん」

母さんはリョウの肩にもたれかかって、右手でリョウの髪の毛をクシャクシャと撫でまわす。

リョウは母さんが吐き出す息を避けるように、顔をそむけた。

玄関ドアが開く音がして、姉ちゃんが帰ってきた。カップ麺や菓子パンで膨らんだエコバッグとトイレットペーパーの袋を提げている。短く切りそろえた金色の前髪の下から瞳が覗く。つけまつげとアイラインで不自然に大きく見える目で、母さんを睨みつけた。

「なんでまた飲んでんの」

とがった声で母さんを咎めた。

「忘れたの？　約束したよね」

姉ちゃんは母さんの肩を強く掴んで揺すった。

「だからあ、あと一杯だけよお」

母さんはふらふらと立ち上がり、財布をつかんで出ていこうとする。

「ふざけんな！」

姉ちゃんがテーブルの上にあったテレビのリモコンを母さんに投げつけた。わざと外したのかもしれない。リモコンは玄関ドアに当たって、落っこちた。電池のカバーが外れて、細くて赤い電池が覗いている。

　母さんはそれを見て、はっとしたようにドアの前でうずくまった。かつて、父さんだった人から受けていた暴力を思い出したのだろう。

「怖いよ、怖いよ」

　顔を覆って、わあわあと声を上げて泣きわめいた。

「生きていたってしょうがない。死にたい」

　母さんは震えていた。痩せた背中を丸めて、子供みたいに震えていた。震えながら「死にたい」と繰り返した。姉ちゃんは何も言わずに、母さんの手から財布を取り上げた。

「リョウ、手を貸しな」

　二人でそのまま母さんを引きずるようにして、居間の奥の部屋まで運んだ。そして敷きっぱなしの布団に寝かせる。母さんは「ごめんね」とちいさくつぶやいた。涙のたまった両目は焦点が合っていなかった。

　リョウが布団の上から背中をさすってやると、母さんはすぐに寝息を立て始めた。キッチンに戻ると姉ちゃんがテーブルを拭いて、酎ハイの缶を片付けていた。

「これ、捨てて来て。母さんが起きる前に」

空き缶の入った袋を、ぶっきらぼうに突きつけた。

姉ちゃんは明らかに機嫌が悪い。そりゃあそうだ。母さんは、このところアルコールから離れ始めていた。その母さんが、また飲んでいた。登り始めた階段からまた落っこちた。リョウは地べたを這いつくばっているような感覚に陥る。

「バイト行ってくる」

リョウと八歳違いの姉ちゃんは、バイトを三つ掛け持ちして、家族三人の生活費を稼いでいた。

母さんはリョウが小学校五年生の時にリストカットをした。母さんに出された診断名は『躁うつ病』と『パニック障害』。去年からは、そこに『アルコール依存症』が加わった。

母さんは毎日リョウの帰りを待ち構えていた。一人で家に居ると不安でたまらなくなる、と言う。少しでもリョウの帰宅が遅くなると、じっとしていられなくなり近所をうろつきまわる。

昨日もそうだった。リョウが家に帰ると、部屋には誰もいなかった。

「やべ。またかよ」

リョウは舌打ちをして、団地を飛び出した。よかった。母さんはすぐ隣の公園にいた。ベンチに坐ったり立ったりを繰り返していた。

「リョウちゃん」

母さんは墓から出てきたゴーストみたいに、ふらふらと歩み寄って来た。秋の初めの夕陽が西の空をあかね色に染めて、母さんの青白い頬にも少しだけ赤みが差す。太陽は、外遊びをやめてうちへ帰る子供のように、大急ぎで山の向こうに沈んだ。とっぷりと日が暮れた道を、リョウが母さんを抱きかかえるようにして団地へ帰る。

部屋に戻ってからも、母さんはずっとめそめそしていた。

「わたしなんか生きていたって仕方がないでしょ」

「迷惑かけるだけだもの」

「もう死にたい」

母さんは同じ言葉を何度もしつこく繰り返す。

「んなことないって。大丈夫だって。心配すんな」

話を聞いてなだめるのはリョウの役目だった。姉ちゃんは母さんのしつこさに腹を立てて、よく喧嘩した。

「親のくせに。愚痴りたいのはこっちだっての」

「もう聞きたくない！」

最後は、姉ちゃんがイライラして切れる。母さんは泣き崩れる。

「やっぱりわたしなんか死んだほうがいいんだよ」

でもリョウは辛抱強く話を聞くようにした。またリストカットなんかされたらかなわない。この時も、しばらく押し問答のようにやり取りを続けた。

母さんが眠った時には、もう真夜中だった。

「腹減ったな」

昨夜は、菓子パンとカップ麺でなんとか空腹を満たしてベッドに横たわった。母さんが落ち着いている日は、リョウがチャーハンや焼きそばを三人分作る。でも、きょうもまた母さんに振り回されて、そんな余裕はなかった。

「今夜もカップ麺か」

きょうは朝からアイスクリームしか食べていない。ピンクのスカーフを巻いたおばあちゃんの顔が浮かんだ。ポケットからキャラメルを出す。薄紙を剥いて、口の中へ放り込んだ。ミルクと砂糖の味がじゅわっと広がった。やさしい甘さが、リョウの体の隅々にまでしみ込んでいく。強張った筋肉がふわりと柔らかくなった気がした。

いつも母さんの手を引いて暗いトンネルの中を歩き続けているような日々が続く。自分たちは笑ってはいけない、と思っていた。でも、リョウはきょう気がついた。笑っている間だけは、暗いトンネルの外に出られる、と。リョウは、舌の上で溶けてちいさくなったキャラメルをごくりと呑み込んだ。

あのおばあちゃん、マジでヤバいかも。

六

リョウは平日が好きだ。登校する朝は、軽やかな足取りで団地の階段を下りる。少なくとも学校にいる間は、母さんのつらそうな顔を見ないで済む。自分で調理しなくても、給食の時間になればまともなご飯が出てくる。それはリョウにとって、この上なくありがたかった。

教室に入ると、いつものようにヨシキとシンヤを探す。二人は教室の隅でひそひそ話をしていた。

「うっす」

リョウが声を掛けても、こっちを見ようともしない。それどころか二人で顔を見合わせて、そのままリョウを無視して教室を出て行ってしまった。

嫌な気分のまま一時間目の授業が終わって、休み時間になった。ヨシキとシンヤは他の二、三人の男子と騒いでいた。

「マジで引いたわー」

「陰キャのマナトと、キショイばばあだぜ。三人で仲良くアイスって、キモ過ぎるわ」

「ないわー、それ」

「キャラ違くね？」

「ガチでゲスい」

クラス中に響く大きな声だった。リョウがすぐ前にいると知っていてわざと聞こえるように言っている、と分かった。今まではその中に自分も居たのだ。そうやっていじめのターゲットになる奴をいたぶっていた。だからリョウにはよく分かった。クラスの中にはカーストと呼ばれるグループ分けが存在する。「一軍」はクラスで一番存在感があり影響力を持つグループだ。「二軍」は一軍メンバーに完全服従して、平和な学校生活を維持しているグループ。「三軍」に入ってしまうと、シカトされるかいじめられるかのどちらかだ。もうオレはヨシキたち「一軍」グループからは存在を消されるのだろう。つまりそれは一気に「三軍」落ちをしたという意味でもある。

「べつにどうだっていいけど」

リョウは胸の中で強がったけれど、わきの下にいやな汗をかいていた。

七

カヲルはフードコートでマナトとリョウを待っていた。きょうのスカーフはオレンジ色だ。

「ねえ、きょうはゲームセンターに付き合ってよ」

「ゲームセンター？」

「中学生は三度の食事よりゲームが好きなんでしょ。新聞に書いてあった」

「は？　俺らが好きなのはネトゲとかオンゲなんすけど」

「あら、その何とかゲームをするためにゲームセンターへ行くんでしょ」

「それ、なんか違うくね？」

「ロッキーは案外細かいのね。ともかくわたしは一遍でいいから、ゲームセンターってとこに行ってみたかったのよね」

話がかみ合わないまま、カヲルたち三人はフードコートからゲームセンターに移動した。

「わあ、かわいい」

ゲームセンターに一歩足を踏み入れた途端、カヲルはクレーンゲームに目を輝かせた。

「あれに決めた」

黄緑色のカエルだった。ガラスケースの中からこちらを見つめている、アニメのキャラクターを指さしている。

「あれを取って頂戴《ちょうだい》」

賢一郎が大好きだったキャラクターだ。カヲルは懐かしさで胸がいっぱいになった。

「そんな簡単に取れないよ」

マナトが、ケースの中のぬいぐるみの傾き具合を確かめながら言った。ちょっとした「向き」で取りやすかったり取りにくかったりするのだ。

「あら、お金は払うわよ。あなたたちなら取れるでしょ」

「いや、お金の問題じゃなくて」

そんなに簡単に手に入るならゲーム機の意味がない。

「どうする?」

リョウが目で訊いてきた。リョウはアイスを三人で食べた日以来、何かが吹っ切れたように見えた。学校の廊下でマナトとすれ違う時に、睨んだり舌打ちしたりしなくなった。それどころか唇の端をわずかに持ち上げて、マナトだけに分かるように微笑んでいる時さえあった。

「やってみよっかな」

マナトはかつて、お父さんと協力し合ってリクトに恐竜のぬいぐるみを取ってやったことを思い出した。

「よし! やっぱりアブちゃんはやさしい子ね」

カヲルは上機嫌で何枚かのお札をコインに換えた。

「ほらほら、しっかり」

「あー、惜しい! 今度こそ!」

カヲルは大声で声援を送ったり、興奮してマナトの背中をパンパン叩いたりした。

「もうちょい右」

「ガチで行けそうやん」

リョウもマナトに声援を送る。昔からの友達みたいに親しげだったので、マナトはちょっとドキドキした。

何度めかのチャレンジの後、マナトはカヲルの希望通りカエルのぬいぐるみをゲットした。

「わあ、うれしーい」

カヲルはキューピー人形みたいにニコニコ顔でバンザイをした。

「アブちゃん、ありがとう」

カヲルは受け取ったぬいぐるみをぎゅっと抱きしめた。

マナトはなんだか恥ずかしくなって、わざと無表情でうつむいた。でも誰かが喜んでくれるというのは、悪くない。少なくとも、ネットゲームでアイテムを取るよりはずっと気分がよかった。

三人は、画面に合わせて大きな太鼓を叩くゲームの前に立った。カヲルはぬいぐるみを抱いたまま挑戦した。でも、からっきし得点が取れなかった。

「変ね。ちゃんと叩いてるのに」

カヲルは唇を尖らせた。

「リズムがビミョーに外れてた」

「えー、そうかなあ」

カヲルはフンと鼻から息を吐いた。

リョウはにやにやして、カヲルからバチを受け取った。軽々とバチをさばいて、最高難易度レベルをクリアした。

「まあ、ロッキーは天才だわ」

リョウは、続いてドラムのゲームの前に坐ってドラムスティックを持った。

「むず過ぎ」

と唸りながらも、リョウはいくつもあるパッドを叩き分けて加点を上げていった。周りに親子連れや中高生の人垣ができた。

「音ゲ得意なんだね」

マナトも驚いてリョウの手元に見入っている。高得点でゲームを終了した時、リョウの額はうっすらと汗ばんで光っていた。

「はい、頑張ったご褒美！」

カヲルは肩に掛けたかばんの中に手をつっこんで、ごそごそとまさぐった。取り出した塊をマナトとリョウの手の中に無理やり握らせる。いつものキャラメルだった。

「出た」

「またかよ」

二人の冷めた反応にもかかわらず、カヲルは大発見をした学者のようにうれしそうだ。

「ロッキー、マジでカッコよかったわよ」

カヲルは『マジで』をここぞとばかりに使ってみた。

「たかがゲームだよ」

リョウは自分をあざ笑うみたいに言った。

「なんだっていいの。心から楽しめる一瞬があるって大事なのよ」

楽しんでいい？　母さんの顔が浮かんだ。リョウは怒りたいような、泣きたいような気持ちになって、プイとそっぽを向いた。

八

病院の化学療法センターは、いつも混んでいる。窓に沿ってずらりと並べられたベッドは薄いピンク色のカーテンで仕切られていた。きょうも満床状態だった。カヲルはここへ来るたびに、世の中にはこんなにもたくさんのがん患者がいるのか、とびっくりする。

「あら、ステキな色のスカーフ」

「桂木さんによく似合っているわよ」

受付の若い看護師たちが明るく迎えてくれる。

スカーフはいずれ、副作用で髪が抜けた時に備えて使い始めたのだ。カヲルは、抗がん剤治療を受けると決めた時の主治医の言葉を思い出す。

「初めのうちはいいのですが、回を重ねるごとに体力も免疫力も低下します。一番多い副作用が嘔吐と下痢や便秘。場合によっては髪が抜けたりもします」

主治医は『医療用かつら』と書かれたパンフレットを手渡しながら、この時も淡々と説明をした。

髪が抜ける、それは豊かな髪が自慢だったカヲルにとって、片腕をもがれるくらいにつらくて悲しい出来事だった。髪を洗った後でごっそりと抜けた髪の束を見た時は、思わずお風呂場で泣き叫んでしまった。鮮やかなスカーフは、沈む気分を上げる苦肉の策だった。

カヲルの腕に針が刺されて、吊り下げられた袋からぽとり、ぽとりと抗がん剤のしずくが落ちる。

今はまだ二クール目だ。特に体調に変化は起きていない。医師からは、歳のわりに体力があると言われた。でもいずれ、この体が悲鳴を上げて動けなくなる日が来るのだろう。

「そうなったらアブちゃんやロッキーにも会えなくなる」

賢一郎を失ったあの日以来、いつ死んでもいいと思っていた。それなのに、マナトとリョウに出会って、だんだんと変わっていった。気がついたら「もっと生きたい」と思っている。

「もうすぐ死ぬってわかった途端に?」

カヲルはシーツの下で、こみあげる笑いをかみ殺した。

カーテンの向こう側のベッドで、人が横たわる気配がした。

「まず吐き気止めを打ちますね」

看護師の声に続いて、「お願いします」とか細い女の声が耳に届いた。声や話し方から、もう若くない患者だとわかった。

医者が抗がん剤の点滴の針を入れて出て行った。入れ替わりで、男のしゃがれた声が飛び込んできた。

「おう。きょうはな、いいものを持ってきたぞ」

がさがさと紙袋を持ち込むような音がして、男が威勢よくベッドサイドの折り畳み椅子に坐ったようだ。

「ほれ、鰻重だぞ。旨いぞ」

「わたし、今吐き気止めを打ったのよ」

男は夫だろうか。カヲルは思わず耳をそばだてた。

「点滴が終わったら一緒に食おうぜ」

「鰻なんて無理よ」

女の声は、断っているようでいて、どこか楽しげな笑いを含んでいた。

「そんなこと言わねえで食え、食え」

「お父さんったら」

女のくぐもった笑い声が聞こえた。

「栄養付けねえとがんの奴の思うつぼだぜ」

男が諭すように言い含める。

カヲルは大きく息を吐き出した。

あの時。

出ていく夫を、もし引き留めていたら。わたしだって、こんな風に独りぼっちじゃなかった。

そう思ったら、にわかに心細くなった。

「ばかばかしい」

カヲルは頭を動かして、窓の外に目をやった。

秋雨前線が本州を覆って、傘の出番が長く続いていた。雨粒が窓にたくさんの水玉模様を作っている。賢一郎が死んだ日も雨が降っていた。

「ケンちゃんは、学校とクラスメイトに殺されたのよ」

カヲルは、裁判を起こしてでも真実を突き止めるつもりだった。賢一郎がなぜ死ななければいけなかったのか。それを知りたくて、学校の先生やクラスメイトを訪ね回った。そうやって、カヲルがムキになればなるほど、夫・康文《やすふみ》との距離が広がっていった。

「誰かを責めたところで賢一郎は帰ってこない」

初め、康文はカヲルを諭すように言っていた。

「つらい思い出は忘れたほうがいい」

カヲルはつめたい海に一人で放り出されたような気分になった。

「あなたは忘れられるの？」

ヒステリックなカヲルの声にも康文は冷静だった。

「これからは前だけを見て生きていこうよ。賢一郎だってそれを望んでいるはずだ」

その通りなのだろう。康文は間違ってはいない。それでもカヲルは、夫の考えを受け入れたくなかった。受け入れてしまったら最後、賢一郎のそれまでの人生がぜんぶ消えてしまう気がした。康文には、まだ一緒に怒り狂っていてほしかった。悲しみ続けてほしかった。

康文が別居したいと言い出した時、カヲルは反対しなかった。二人で暮らしていても心は離れている。どうせ独りぼっちなら、一人で孤独を噛みしめていた方が諦めがつく、と思った。

康文とはそれっきり会っていない。

カヲルはもう一度、肺の底から息を吐き出した。

今になってみれば、どれもこれも些細なすれ違いだったのかもしれない。でもあの時のカヲルには、悲しみから逃げられる場所がどこにもなかった。嵐の海を漂う難破船だった。大声で助けを求めているのに、広い海の上ではどこにも誰にも届かなかった。

アブちゃんとロッキーだってきっと同じだ。せめてあの子たちには逃げられる場所があるといい。生きていれば降る日も照る日もあるのだから。

「止まない雨はないからね」

カヲルはもう一度窓に目を向けた。空はさっきより明るくなっている。雲間から日の光が射しこんで、雨粒が作った水玉がきらきらと光った。

九

カヲルとマナトの三人でアイスを食べた翌週から、ヨシキたちがあからさまにリョウを遠ざけた。登下校時や休み時間も、リョウはヨシキたちと離れて一人だった。リョウは登校しても、机にうつぶせて寝ている時が多くなった。授業中は、ヨシキやその取り巻きたちが、リョウに向かって後ろから消しゴムを投げつけたり、シャーペンの芯でつついたりした。リョウが振り返っても皆知らんぷりを決め込んで、誰がやったのかわからない。

でも、そんな嫌がらせは朝飯前だった。スマホのＳＮＳグループでリョウの顔写真がアップされた。モールで隠し撮りされた写真だった。このグループには、クラスの半分以上が繋がっている。

「なんかウザいわ」

「調子のんな」

「マジでムカつく」

うんうん、とマンガのキャラや動物がうなずくスタンプが続く。

「そろそろ出てってもらっていいっすかー目障りなんで」

このコメントとリョウの顔写真は、ヨシキが投稿者になっていた。

「それなー」

「空気読めっての」

今度は、キャラや動物がバイバイと手を振るスタンプが続いた。

リョウはこれまでだって何度も退室ボタンを押しかけた。でも、何を書かれているのかが気になって、ためらっていた。きょうというきょうは決心がついた。

「言われなくても抜けるわ」

退室のボタンを押そうとした瞬間だった。

ヨシキが動画をアップした。

母さんだ、とリョウは目を見開いた。リョウの帰宅を待っているのだろう。団地の階段の下を行ったり来たりしていた。眉間にしわを寄せて、時々立ち止まっては何かぶつぶつ言っている。

「リョウの母ちゃん、きょどってる」

「不審者感ハンパないんすけど」

「ガチでキモくね?」

「受けるわー」

「テンション上がる笑」

次々にコメントが飛び込んできた。

うんざりだ。ヨシキにも、ヨシキのご機嫌を取ってヘラヘラしている奴らにも反吐《へど》が出た。

リョウはグループを退室した。

次の日も、リョウはいつも通り学校へ向かった。

一日中、誰とも目を合わさず、誰とも喋らなかった。心にしっかり蓋をしておけば、周りの反応はやり過ごせる、と言い聞かせた。校内では、硬い甲羅を背負った愚鈍な亀のように過ごした。何か危険を感じると、すぐに甲羅の中にもぐりこんだ。教室の窓から見える銀杏の木の黄色く色づいた葉だけが、唯一の話し相手だった。帰りのホームルームが終わった時には、頭も体も疲れ切っていた。

「夜中の公園に、一人で行ったことある?」

下校の時に校門のところで誰かが話し掛けてきた。マナトだった。リョウはびっくりして立ち止まった。

「僕はさ、時々行くよ。夜中の公園。街灯にぼんやり照らされたブランコやジャングルジムが浮かび上がって、なんか現実じゃないような夢の中のような、不思議な場所なんだ」

リョウはマナトを無視して、前髪を掻き上げただけだった。それでもマナトは喋り続けた。

「ゾウの滑り台なんて、とりわけエモいよ」

リョウは、マナトが夜中に一人でゾウの滑り台を滑っている光景を想像した。

「エモいよりキモい」

リョウの口から思わず声が出た。

「やっと喋ったね」

マナトがにっこりとした。たしかに、きょう登校してから初めて声を出した。声を出しただけで、体中の血管に酸素が行き届いた感じがした。

「今度付き合ってよ、真夜中の公園ツアー」

マナトは意味ありげにそれだけ言い残すと、道路の反対側へ駆け出した。

変な奴。リョウはマナトの後ろ姿を追いながら舌打ちをした。けれども突っ張っていた顔の筋肉が緩むのはなぜだろう。リョウは帰り道を歩きながらうっすらと微笑んだ。

十

リョウは、ＳＮＳのグループを抜けて以来、ヨシキたちから完全にシカトされていた。相変わらず校内では亀になって、誰とも喋らない。下校時には、マナトが駆けて来て、二言三言、リョウに話し掛けて走り去る。世間話とも打ち明け話とも判断できないようなくだらない内容ばかりだ。

「お前さ、もうちょっとマシな話題ねえの？」

憎まれ口とは裏腹に、リョウはいつかマナトと夜中の公園へ行ってみたい、とさえ思った。

秋が駆け足で過ぎ去り、北風に枯葉が踊るようになった。登下校時には、マフラーや手袋を身に着ける生徒も現れ始めた。

リョウは何日も続けて学校を休んでいた。もちろん、ヨシキたちのせいではない。原因は母さんだ。母さんが睡眠薬を一遍にたくさん飲んだ。

その日の朝、リョウはいつものように母さんを起こそうと寝室へ入った。枕元に銀色の紙が散らばっていた。よく見ると、銀色の紙は、空になった錠剤のシートだった。精神科で処方された睡眠薬だ。一体何十錠飲んだのだろう。母さんは、薄目を開けてもうろうとしていた。リョウは、母さんが手首を切った時の、血の色に染まった浴室を思い出した。膝から下がガクガクと震えた。

姉ちゃんが救急車を呼んだ。

母さんは、病院で胃の中を洗ってもらった。胃洗浄と言うらしい。

「二、三日自宅で寝ていれば、胃の状態も戻りますよ」

よかった。リョウは胸をなでおろした。でも姉ちゃんは医者に詰め寄った。

「えっ、入院させてもらえないの」

「うちには精神科の入院病棟がありませんので」

医者はにべもなくそう言った。まるでパソコンに向かって話しているように見えた。

「じゃあ、内科で」

姉ちゃんは必死だった。母さんをうちへ連れて帰れば、また眠れない夜が続くだろう。

「お母さんの場合、一般病棟での入院は難しいんです」

そう言って、医者は看護師と目配せを交わした。

「病人を差別すんの？」

姉ちゃんがきつい口調で、医者に食って掛かった。

「胃洗浄をしましたから、入院の必要はありません」

そう言うと、パソコンに向かってキーボードを叩き始めた。取り付く島もない。

「おだいじに」

看護師が次の患者のカルテを手に、診察室のドアを開いた。

「どっちみち入院となればお金がかかるもんね」

会計カウンターで姉ちゃんがぽつりと言った。母さんを両側から支えるようにして、重い足取りで団地へ帰ってきた。

母さんは家へ着いてからもひとことも喋らなかった。暗闇の中、独りぼっちの世界に閉じこもってしまった。リストカットをした時の母さんを思い出す。寝床から出られなくなり、枕元に運んだ食事さえ拒絶する。

またご飯を食べさせるのが大変だな。リョウは疲れた頭でぼんやりと思った。そこへ姉ちゃんの声がかぶさる。

「明日から、あんたが学校休んで様子を見てやって」

仕方がない。姉ちゃんにはバイトがあるもんな。リョウは「わかった」とだけ答えた。いつまで続くのだろう。でも、お互いに目は合わせない。瞳の中に映る絶望感を、確かめ合いたくはなかった。

十一

「きょうは三人でお金を出し合っておいしいものを食べましょうよ」

カヲルが提案した。きょうのスカーフは黄色だ。フードコートのテーブルを囲んで、三人は、お金を出し合った。

カヲルが千円、マナトがお父さんにもらった五百円、リョウは姉ちゃんが渡してくれた三百五十円だ。

「よし、全部で千八百五十円ね」

カヲルは、肩に掛けたかばんに手を突っ込んだ。

「じつはね、こんなのがあるのよ」

カヲルは「切り札よ」と言わんばかりに、得意げに一枚のチラシをテーブルの上に叩きつけた。

それは、赤と青の斜線で囲まれた宅配ピザチェーン店のチラシだった。下の部分に切り取り線があって『お持ち帰りは全品半額』という大きな文字が踊っていた。

「おお、いいじゃん！　半額だったらいけるかも」

リョウが興奮して椅子から腰を浮かせた。食い入るようにチラシを見る。

「うまそー」

きょうは土曜日で、姉ちゃんのバイトが休みだった。迷わずモールへ来た。フードコートで、カヲルとマナトを見つけた時はうれしかった。しかも、ピザだ。久しぶりにピザを食べられる。

「一番安いのはどれかしら」

「アメリカン、じゃね？」

「よし、アメリカンのLサイズ！」

あっという間に決まった。

「じゃんけんをして負けた人が買いに行きましょう」

ピザの店はモールの外にあった。

「僕が行って来るよ」

マナトが自分から申し出て、椅子から立ち上がった。

「アブちゃんはやさしいなあ」

カヲルが目を細めてマナトを見送った。

リョウと二人になった途端、カヲルは口を開いた。

「あなた、このところ学校を休んでいるのですって？」

マナトから聞いたのだ。

「月曜からは行くよ」

リョウはそう言って、前髪を掻き上げた。

「わたしみたいなおばあちゃんにでも、何か出来ることあるかしら？」

カヲルは、何があったの？　とか、どうしてなの？　とは言わなかった。学校の先生やカウンセラーは皆そう言うのに。そういう人たちにリョウの家庭の状況を一から全部説明するのは難しかった。幾度かの経験から、何時間もかけて説明しても結局は何も変わらないと学んでいた。むしろ自分のつらい体験がよみがえって心身ともに疲れた。

話してみようかな。リョウは、ふとそんな気持ちになった。話し始めたとたん、止まらなくなった。

幼かった頃の父さんの暴力、遠く離れた町での新しい生活、母さんの精神病とリストカット。遅刻欠席をしがちな学校生活。姉ちゃんの収入だけが頼りの家計。話の締めくくりは、何日か前の母さんの薬物過剰摂取だった。

カヲルは、最後までただ静かにじっと耳を傾けていた。

「頑張って生きてきたんだね。ロッキーもお姉さんも、それにお母さんも」

カヲルはしみじみと言った。

「ってか、自分の家族なんで仕方ないのかなって」

リョウの言葉は、下手な役者のセリフみたいに感情がこもっていなかった。

トンちゃんにとっては所詮他人事だろう。リョウは薄笑いを浮かべた。

「えらいねえ。でもロッキーのせいじゃないんだから」

カヲルが体を乗り出した。

「頼っていいのよ。もっと周りの大人を頼りなさい」

リョウの頭の中に、何人かの顔が浮かんだ。どいつもこいつも結局中途半端な助言をしておしまいだった。またしても、訳知り顔で説教めいた話をされてはたまらない。

「どうせ何も変わらねえよ」

「手を差し伸べてくれる大人に出会えるまで絶対に諦めちゃダメ」

カヲルは両手を拳にして、テーブルを軽く叩いた。頬を赤らめている。カヲルは怒っていた。

「ロッキーはもう十分頑張っているじゃないの」

でもその怒りは自分に向かっているわけではない、とリョウにはわかった。

「それ以上独りで抱え込まないで」

そんなふうに言われたのは初めてだった。いつも独りぼっちだった。本当は孤独が何よりきつかった。リョウはまっすぐにカヲルを見つめた。カヲルは眉間にしわを寄せて、ちょっとの間考え込んだ。

「とりあえず助けてくれる団体を探すから」

カヲルは意気込んで話し続けた。

「安心してね」

おもむろに、カヲルは黄色いスカーフの裾を、チアガールのポンポンみたいにひらひらと振った。

「わたし、ロッキーの応援団長になるわ」

いつの間にか眉間のしわが消えて笑顔になっている。

「意味分かんね」

冷めた言い方とは裏腹に、リョウの唇の両端もわずかに持ち上がった。なぜか、ほっとした。

マナトが大きくて薄っぺらなピザの箱を抱えて戻ってくる姿が遠くに見えた。

「お待たせ」

マナトがピザのふたを開けると、箱の中からチーズが焦げた香ばしい匂いが流れ出した。

「さあさあ、食べましょう」

カヲルは持参した手提げ袋から大きな水筒と紙コップを出した。フードコートはきょうも人でいっぱいだ。食べ物や飲み物を外から持ち込んでいても、誰も気にしない。

「はい、オレンジジュース」

「わあ、さすがだなー。カヲルさん」

マナトの言葉に、カヲルはチッチッと指を振った。

「トンちゃん、よ」

自分の顔を指さして言った。

カヲルはマナトたちがつい名前で呼ぶと必ず言い直す。

「だって、カッコイイじゃないの。三人だけの秘密の暗号みたいで」

というのが、カヲルの言い分だ。

「いっただきまーす」

リョウが待ちきれないとばかりに手を伸ばした。マナトがすぐ後に続いた。口に入れるが早いか、リョウが声を上げる。

「バリウマ」

「やべえ」

マナトが親指を立てた。

さらに続いて、カヲルが二人を真似た。

「バリウマー、やべえ」

三人は声を立てて笑った。

フードコートの反対の端に、ヨシキたちが現れた。ピザの箱の中身がからっぽになるのを待っていたかのようなタイミングだった。視線を泳がせて、知った顔がないか探しているような素振りだ。リョウの顔が引きつった。カヲルはそそくさとテーブルを片付けて立ち上がった。

「行きましょう」

足早にフードコートを出る。マナトの目の端に、ヨシキたちが映った。同じ中学の女子グループに声を掛けている。カヲルは、マナトとリョウにきっぱりと言った。

「逃げるは恥だが役に立つ。覚えておきなさい」

「なに、それ」

マナトが首をかしげた。

「どっかで聞いたことあるような」

リョウもやっぱり首をかしげた。

「ハンガリーの諺よ」

カヲルは急いでいた足を止めた。両側に店舗が並ぶあかるい通路のど真ん中だった。

マナトとリョウも思わず立ち止まり、カヲルの次の言葉を待った。

「まともにぶつかったら殺されちゃうって時は、逃げなさい。それは恥ずかしい生き方じゃないよって意味なの」

「殺されるって大袈裟じゃね」

リョウは引きつったような笑いを浮かべた。カヲルはまなじりを上げて厳しい顔つきをしていた。

「殺されるっていうのはね、肉体だけじゃないのよ」

カヲルは自分の胸のあたりを撫でた。

「人はね、ここの一番奥に魂という名前のタネを持っているの。喜びや希望が育つ大切なタネ。

魂を傷つけられると死んだも同然になっちゃうのよ」

カヲルたち三人は、明らかにモールの通路を行き交う人々の邪魔になっていた。でもカヲルは一向に構う気配を見せずに続けた。

「だから危険を感じたら逃げていいのよ。自分の身を守れるのは自分だけなんだからね」

カヲルは念を押すように二人の顔をじっと見つめた。

「トンちゃんの顔、マジ恐いよー」

マナトが張りつめた空気を混ぜっ返した。

「あら、いけない」

カヲルはハッと我に返って、ニヤニヤした。

「わたし、今すっごくいいこと言ったよね？」

ねっ？　言ったよね？　と、ニヤニヤ顔のまま、何度も念を押す。

「それ、自分で言うかな」

マナトが困ったように苦笑いを浮かべた。

「魂という名前のタネ」

リョウは頭の中に書き込むようにゆっくりとつぶやいた。

十二

ネットゲームは限りがない。マナトは新しいアイテムをゲットしたところでいったん終了した。課金が嵩むとお父さんに大目玉を食らう。スマホでユーチューブの動画を見ているとお父さんが帰ってきた。

「きょう、久しぶりにピザを食べたよ」

マナトは、お父さんにきょうの「ピザパーティー」の報告をした。

「大丈夫なのかい、知らない人におごってもらったりして」

お父さんはいぶかしげに眉間にしわを寄せた。

「僕とリョウも、ちょっとはお金を出したよ。アイスの時はおごってもらったけどさ」

お父さんはやはり眉間にしわを寄せたままだ。

「一度、その人と話してみるよ」

「疑っているの？　トンちゃんのこと」

マナトは悲しくなった。トンちゃんの話は何度かしている。お父さんは、いつだって僕の話をちゃんと聞いていない。

「後々面倒な揉め事にでもなったら困るだろ」

そんな言い方をしなくても。マナトが黙っていると、お父さんがさらに言った。

「電話番号は知っているのか」

マナトはもどかしさを抱えたまま、返事をした。

「聞いておくよ」


翌週、マナトの父、雅彦はマナトからメモを受け取った。メモはスーパーのレシートだった。その裏に、鉛筆で桂木カヲルという名前と電話番号が書かれている。レシート面に印字された、弁当、とうふ、納豆、ネギ、ブロッコリー等の食品の半分は値引き商品だった。お金が有り余っている有閑老人ではなさそうだ。

腑に落ちない気持ちを抱えたまま、雅彦はスマホの画面で番号をタップする。

「まあ、マナト君のお父さん！」

カヲルは挨拶の後、マナトやリョウに出会ったいきさつをかいつまんで話した。マナトがクラスメイトにおごらされていた、と聞いて雅彦はふーっとため息をついた。

「マナトは、あれ以来、すっかり殻に籠っていて……」

「あれ以来?」

「実は……」

雅彦はくぐもった声で続けた。

「妻とマナトの弟が交通事故で亡くなったのです」

唐突だった。カヲルが、あっと息を呑む気配があった。

「やっぱり。おんなじ匂いがしたのよね、マナト君に初めて会った時に。同じような悲しみを抱えているんだなって」

カヲルは言葉を重ねた。

「本当にわかったのよ。不思議よね」

「そうですか」

雅彦は抑揚のない声で、その一言だけを返した。同じような悲しみ、などと気安く言ってほしくはなかった。

カヲルは肩透かしを食ったような、ほっとしたような複雑な気分になった。互いの傷の舐め合いをしたって仕方がない。沈黙を破るために明るい声を弾ませた。

「いつも、楽しんでいるのは、わたしの方なのよ」

だってね、とさらに続ける。

「マナト君もリョウ君も、ほんとにいい子たちだもの」

「この子たちといたって何の得にもなりゃしませんよ」

雅彦が鼻で笑った。とりたててお礼を言うでもなく、よろしくと頼むわけでもなかった。雅彦と話していると、砂漠で蜃気楼と向かい合っているような、心もとない気分になった。

「亡くなった人の分も生きていかなきゃならないってのは」

カヲルは、そこで痰を絡ませて、咳払いをした。

「生易しいことじゃないけれど」

「マナト、風呂の追いだきボタンを押してくれ」

雅彦がカヲルの話を遮って、マナトに声を掛けた。話を早々に終わらせようとしている。カヲルにそれがありありと伝わった。

「でもね、マナト君たちと出会えて」

カヲルはひるまず話し続けた。この人には伝えたい、と思った。

「わたしの人生も案外捨てたもんじゃないわね、って思ったのよ」

カヲルは最後に早口でそう言って、通話を終えた。

お父さんはスマホをテーブルに置くと、マナトに声を掛けた。

「まあ、怪しい人ではなさそうだ」

「あたりまえだよ」

マナトは、思わずムキになった。

「家族を亡くしているらしい。ご主人なのか、子供なのかわからんが」

お父さんはさして興味がなさそうにぼそぼそと言った。

「やっぱりそうか」

カヲルと一緒にいると安心する。その理由がわかったような気がした。マナトがさらに話を続けようと口を開くのと、お父さんの声が重なった。

「風呂、先に入っていいか」

お父さんは、そのまま洗面所に消えた。

マナトだけが居間にぽつんと独りになった。マナトは、手にした自分のスマホを、メールの新規作成画面にする。

『殻に籠っているのはお父さんの方だ』

それだけ打って顔を上げた。窓に掛かったレースのカーテンの向こうに、高層ビル群の明かりがちいさく瞬いていた。マナトはまた、スマホの画面に目を落とす。

『僕のせい？』

マナトの目の前で、お母さんとリクトが乗った自転車が轢かれた。すぐ後ろを走っていたマナトは、急ブレーキをかけて怪我だけで済んだ。あの時、自分が前を走っていたら……。マナトは何千回も考えた「もしも」を、今夜もまた思い浮かべた。

『僕が死ねばよかったのかも』

マナトはしばらく画面を見つめていた。それから『かも』の二文字を消した。

完了、の文字をタップする。下書きに保存されました、とメッセージが出た。マナトのメールボックスに、送り先の無いメールがまた一通増えた。

十三

三人が毎週土曜日にモールのフードコートに集まるようになってから、三か月が過ぎた。

クリスマスが近づいて、モールの中にも大きなクリスマスツリーが飾られた。楽し気なクリスマスキャロルが流れて、あちらこちらでサンタクロースが陽気に笑いかける。店先には、華やかなイルミネーションが揺れていた。

きょうはカヲルが新しいスカーフを買いたいと言って、三人で衣料品の大型チェーン店に来た。

「あら、スミレの花じゃないの」

カヲルは壁面のラックに掛けられた、スミレの花模様のスカーフを見つけて歓声を上げた。

「わたしの大好きな花！」

「へえ。これがスミレかあ」

マナトが間の抜けたセリフを返す。

「トンちゃんにしちゃ、地味じゃね？」

リョウは隣に並んだスカーフの、鮮やかなバラの花の柄を見ながら言った。

「スミレってね、きびしい冬の終わりを告げる花なのよ」

カヲルはバラの花柄には見向きもしない。

「わたしはいつもスミレに力をもらっているの」

カヲルはうっとりとして、スミレの匂いを嗅ぐみたいにスカーフを引き寄せた。

「香りもいいのよねえ」

カヲルはスミレについて熱心に語り続けたけれど、マナトもリョウも退屈そうだ。店内をきょろきょろと見回したり、ラックに掛けられたスカーフを引っ張ったりした。

「合わせてみようかな」

カヲルはそう言うと、巻いてきた青いスカーフをひらりと外した。

マナトとリョウが息を呑んだ。カヲルの頭にはほとんど髪の毛が生えていなかったのだ。赤ちゃんの頭みたいに、もずくみたいな毛がふわふわと乗っかっていた。

「うふふ、びっくりした？　スカーフを巻いているのは、これを隠すためなのよ」

カヲルはスミレ柄のスカーフをあてて鏡を覗き込んでいる。

「どう？　似合う？」

「ってか、もうこれって決めてんだろ」

リョウは驚きを隠すように、とりわけぶっきらぼうに言った。

「トンちゃん、あの……」

マナトは言葉に詰まって、口をぱくぱくさせた。

「あっ、びっくりしちゃった？　こんな頭を見て」

カヲルは、びっくりしちゃうよね、と繰り返しながら元の青いスカーフで頭を覆った。いつもの見慣れたカヲルになった。

「ほら、もう七十五歳のおばあちゃんだからね。髪も抜けるのよ」

カヲルがアハハと明るく笑ったので、マナトとリョウもそれ以上何も訊かなかった。訊いてはいけない気がした。

カヲルはスミレ柄のスカーフを買った。

次の土曜日にモールで三人が顔を合わせると、カヲルは、開口一番に言った。

「ゲームセンターに写真を撮る機械があったでしょ」

「プリクラ？」

「そう、それ。三人で撮りましょうよ」

「このメンツでプリってどうよ」

リョウが首を横に振ったけれど、カヲルは意にも介さなかった。派手なピンク色のプリクラ機の前に立つと、興奮気味に声を上げた。

「ええっ、こんな写真が撮れるの？」

美肌やデカ目に修正したり、言葉を書き込んだりできる機能に「ハイテクなのねえ」とか「芸能人みたいじゃない」とか、いちいち感心した。

「でも何も変えたくないわ。ありのままのわたしたちを撮りましょう」

きょうのカヲルは、先週買ったスミレのスカーフですっぽりと頭を覆っていた。プリクラ機からカードのような写真が吐き出された。カヲルは、マナトとリョウに挟まれて、はじけるような笑顔で写っていた。

「いいじゃないの！　遺影はこれに決まり」

カヲルはカードサイズの写真をひらひらさせた。

「いえい？」

リョウが首を傾げた。

「まさか、死んだ時に飾る写真？」

それなら家にもある。マナトはお母さんとリクトの笑顔を思い出す。

「縁起でもない」

マナトが咎めるように、カヲルを上目遣いでにらんだ。

「三人で遺影ってあり得なくね？」

リョウが呆れている。

「冗談よ、冗談」

カヲルはペロッと舌を出して笑った。どっちみち、遺影なんてわたしには必要ないか。『おひとりさま』なんだから。モールに軽やかなジングルベルの歌声が響き渡る。カヲルは胸の奥にヒリヒリとした痛みを覚えた。

マナトはうちに帰ってからあらためてプリクラの写真を見直した。

「トンちゃん、痩せたなあ」

小顔修整したわけでもないのに。髪がほとんど生えていなかったカヲルの頭を思い出す。悪い病気なのだろうか。胸が締め付けられた。

気持ちを切り替えようとして、リビングでネットゲームを始めた。でも集中できなかった。マナトは持っていたスマホをテーブルに放り投げた。口の中に、苦い水を含んだような気持ちの悪さがいつまでも残った。顔を上げると、写真立ての中のお母さんと目が合った。

『トンちゃんは死んだりしないよね、お母さん？』

マナトは、今夜も宛先のないメールを打った。画面の『死』の文字がいきなりマナトの頭の中で大きく膨れ上がった。

「縁起でもない」

マナトの口から昼間と同じセリフが飛び出した。ぞっとした。あわてて文章を消去した。カヲルから貰ったキャラメルを一粒、渇いた口の中に放り込んだ。

十四

今年も桜吹雪が舞う季節がやって来た。

ショッピングモールは、この七年で随分と老朽化が進んだ。最近、隣の町に大型ショッピングモールがオープンした。人気のお店がたくさん入っている。それ以来、こちらはめっきりと人出が減ってしまった。

土曜日の夜だった。二人の青年が大きな一枚のピザを前に、プラスチックのカップに注がれたビールを手にしていた。

「乾杯」

二人はカップを持ち上げて、互いに軽くぶつけあってから、テーブルの上に置かれたもうひとつのカップとも同じように乾杯をした。

カップの隣には黄色いキャラメルの箱が置かれていた。

「トンちゃんに」

「キャラメルの日に」

二人はつめたいビールを喉に流し込んだ。去年からカップの中身がコーラやジュースからビールに変わった。

「トンちゃん好みの三人だけの秘密の暗号だな」

マナトとリョウは、カヲルの命日には毎年必ずモールのフードコートにやって来る。今年は七回目だ。二人はその日を密かに『キャラメルの日』と呼んでいた。

「懐かしいよ、この席。ロッキーはいつもこんな風に坐っていた」

マナトは、わざと椅子からずり落ちそうなだらしのない坐り方をした。

「うるせえよ。アブちゃんだって相当陰キャだったぜ」

「トンちゃんがいたら手を叩いて笑うな」

「いないかな、そこらへんに」

二人はがらんとしたフードコートの中を見回した。

「派手なスカーフを巻いて、どこかに坐っているような」

「それな」

「まさか抗がん剤の副作用で髪が抜けていたとはな」

トンちゃんが胆管がんの治療をしていてもう余命が短いと聞いたのも、このフードコートだった。


「もう来週からは来られないの。入院するから」

カヲルは青白い顔で、マナトとリョウをまっすぐに見つめた。スミレのスカーフは、頭と首元をすっぽりと覆う包帯みたいだ。

「最後に二人に会っておきたかったんだ」

カヲルは愛を告白する女子高生みたいに、恥ずかしそうにうつむいた。

「病気なの？」

「がんが進んでいてね、もう長くないの」

きょうのカヲルはいつもよりゆっくりと喋った。

「マジかよ」

マナトはがっくりと肩を落とした。嫌な予感が的中した。

「ガン？　トンちゃん死ぬのかよ」

リョウの声が大きかったので、食事中の他のお客たちがこっちを振り返って見た。

「ええ、もうすぐね」

痩せたせいで目ばかりが大きく目立つ顔で、カヲルはさらりと言った。そして右手でマナト、左手でリョウの手を、そっと握った。

「この地球上で、人と人が出会う確率ってね」

ここでカヲルは声に力を込めた。

「七十四億分の一なんですって！　すごいと思わない？」

カヲルの唇の端が微かに持ち上がった。薄く笑ったようにも、痛みのせいで顔をしかめたようにも見えた。

「マジか」と、リョウ。

「すげえ」と、マナト。

燃え尽きる前のマッチの火みたいに、消え入りそうな情けない声だった。

「大丈夫よ。わたし、いつだって二人のそばにいるんだから」

いきなり、カヲルがちいさな声で歌い始めた。

「千のかーぜになってー」

ほんのワンフレーズなのに歌いきれなかった。カヲルは、肩で息をした。肺がゼイゼイと鳴った。

「無理すんなって」

リョウが見かねて言った。

「わたし、これでも昔は歌姫って言われていたんだけどな」

カヲルは不満そうに唇を尖らせた。

「それ、盛り過ぎでしょ」

マナトが首をすくめた。こんな時もトンちゃんはやっぱりトンちゃんだ。

「三人でカラオケにも行きたかったわね」

カヲルがクスクスと笑うと、子供のように薄っぺらい肩が震えた。充血した瞳がうるんでいる。

「よし、今から行こ」

マナトがそう言い終わらないうちに、椅子から腰を浮かせた。でもカヲルは、きっぱりと首を横に振った。

「病院へ行かなきゃ。抗がん剤を打つの」

「トンちゃん」

マナトがスエットのそでロで涙を拭った。

「エグ過ぎ」

リョウが天井を仰いだ。

カヲルは二人の手を握った手をゆっくりとほどいた。

「忘れるところだったわ」

肩に掛けたかばんから二粒のキャラメルを取り出した。

「心の栄養剤よ。たちまち元気になれるんだから」

ちっとも元気じゃない声で、いつもの口癖を繰り返したのだった。

十五

フードコートには、あの頃には無かった窯焼きピザの店が入っていた。リョウは皿からピザを持ち上げながら言った。

「腹減ったー」

「飢えたオオカミだな、まるで」

マナトに呆れられて、リョウは言い訳がましく言った。

「昼飯食ってないんだ。昼休みにグループホームに行ったから」

「大変だな」

マナトもピザにかぶりついた。

どうってことない。あの頃に比べたら。リョウが口を開く前に、マナトが訊いてきた。

「おばさんは元気にしてた？」

「きょうはみんなとヨガをしていたよ」

リョウは、母さんの陽だまりのようにおだやかな表情を思い浮かべた。母さんは今、療養型のグループホームにいる。カヲルのおかげで福祉団体の援助を受けて、ヘルパーや病院を紹介された。母さんは初め、知らない人の助けを借りるのを極端に嫌がった。

「他人に体を触られるなんて、絶対に嫌」

時間をかけて、相性のいいヘルパーさんに巡り会えた。それからも色々な治療や福祉サービスを渡り歩いて、今のホームに辿り着いた。もう、めったに暴れたり、泣きわめいたりしない。

「居心地がいいホームが見つかってほっとした」

言葉にすると、そのひと言で終わってしまう。リョウはいつもそのあっけなさを、物足りなく感じる。

もしも、トンちゃんに出会っていなかったら……そう考えるとリョウはぞっとする。ずぶずぶと底なし沼に沈みかけていた自分たち家族を思い出す。でも底なし沼は、底なしではなかった。

「あの団地は引き払ったんだね」

「姉ちゃんも結婚したしね」

団地にはもう二度と近づかないだろう。中学の頃の生活は思い出したくない。

マナトがリョウのカップにビールを注ぎながら言った。

「あの記事をトンちゃんに見せたかったな」

先月、リョウは地元のC新聞から取材を受けた。

リョウは今、NPOの自助グループ『スミレの会』を運営している。ヤングケアラーと呼ばれる若者や子供たちたちの為のコミュニティだ。行政や民間の福祉団体との橋渡しや、当事者同士の交流の場作り、就学就職相談など活動は幅広い。

「スミレの会について教えてください」

記者の質問に、リョウはなるべく丁寧に答えた。

しかるべき援助を受けられる窓口に行きつくためには、自治体にも福祉団体にも様々なルートがある。道は一本ではない。むしろ、縦割りの行政の仕組みは、複雑な迷路のようだ。行き止まって諦めてしまう場合も多い。

それでも、粘り強く助けを求め続けると、ちゃんと手は差し伸べられる。それをカヲルから教わった。リョウはそんな自らの体験も発信していた。

「ヤングケアラーには、一人で頑張らなくてもいいんだよ、と声を掛ける大人の存在が必要なんです。彼らが安心して頼れる場所を作りたい。まだまだ道半ばです」

「なるほど」

記者がキーボードを打ちながらうなずいた。

「彼らを本気で支えるためには、地道で息の長い支援が必要です」

「それがスミレの会の活動の柱ですね」

リョウはカヲルの笑顔を思い浮かべて、言葉に力を込めた。

「スミレの花って、きびしい冬の終わりを告げる花なんですよ」

リョウの言葉に、記者が明るい声を上げた。

「ああ、それでスミレの会、なのですね」

インタビューは記事になって、新聞に掲載された。

十六

「びっくりした。ロッキーらしからぬ礼儀正しさだったよ」

マナトは茶化すように言って、腕組みをした。

「おれもちゃんと考えないとなあ」

マナトは今、大学生の二年生だ。でもほとんど授業に出ていなかった。このままでは単位が足りず進級できない。

「大学、ちゃんと行ってんのか」

「バイトが忙しくってさ」

「学費稼ぐために授業に出られないってのも、どうよ」

「でもおやじには頼りたくないんだ」

マナトの父、雅彦は再婚して、新しい家庭を持った。

「アパートの家賃だけは払ってもらっているけれど」

それさえ、負い目に感じた。早く自活できるようになりたかった。

「厄介者になりたくはないんだ」

やはり今も雅彦とは距離があった。

キッズコーナーで幼い男の子が母親にきつく叱られている。耳障りな泣き声がフードコートに響き渡った。

「家族って、何だろうな」

リョウがぽつんと言った。

「近づきたくても離れてしまう。離れたくても寄ってくる。砂浜の波みたいに」

「家族……。トンちゃんなら何て言うかなあ」

「くそっ。なんで死んじゃったんだよ、トンちゃん」

リョウが鼻息を荒くする。マナトは両手を組んで頭の上に載せた。

「おれたち、トンちゃんの言葉に救ってもらっていたんだよな」

二人は胸の中で、カヲルから受け取ったひとつひとつの言葉を思い浮かべた。

「心の栄養剤はキャラメルだけじゃなかった」

「今更、だけどな」

「もう一回、会いたいな」

マナトは、もう一度フードコートを見回した。もちろんカヲルはどこにも見えなかった。

終章

カヲルは病院で亡くなった。

春の初めの、澄んだ光がまぶしい朝だった。


病室のカヲルのベッドの脇に幅の細い整理棚があった。

棚の下段にはプラスチックのコップや歯ブラシ、洗面器などが所狭しと並んでいる。上段にはふたつの写真立てだけがぽつんと置かれていた。

大きい方のフレームの中では、学生服を着た少年がはにかんだように微笑んでいる。写真はすっかり色あせていた。

もう一つの写真はカードくらいの手のひらサイズだ。その中で、マナトとリョウに挟まれたカヲルがVサインをしてにっこりと微笑んでいた。

病室の窓から庭が見える。黒くて細《ほそ》い桜の枝にしがみつくように、紅色の蕾が膨らみかけていた。根元にちいさな花が一輪咲いている。スミレだ。どこからか真っ白な蝶が飛んできて紫色の花びらに止まった。けれども羽を休める間もなく飛び立った。蝶は朝日に向かってだんだんと遠ざかった。シジミ貝くらいの大きさになり、やがて胡麻粒くらいの点になり、とうとう見えなくなった。

了

愛知県教育振興会他主催「第四十二回児童文学賞」優秀受賞作品

水玉もようの熱帯魚

1

アイスクリーム。

アイスクリームと耳にしただけで、体中の細胞《さいぼう》という細胞がフラダンスを踊り始める。

あずさは、ガラスケースにおでこをくっつけるようにしてうっとりと眺めていた。黄色や水色、桃色、それに紫色のアイスクリームたちが一斉に「こっち、こっち」と、あずさを誘惑している。

「夏だね」

あずさが手にしたショコラミントのアイスクリームを見て、日菜子《ひなこ》が言った。

「うん、夏限定フレーバー」

早くも溶け始めているアイスを舌で素早くからめ取りながら、あずさが言った。

「ヒナっち、またおんなじの？」

「ストロベリーカスタードタルト」

日菜子は長ったらしい名前をすらすらと口にして、

「ピンクは愛情運を高める色だもん」とすまし顔でつけたした。

「なるほどね」

あずさがからかうような視線《しせん》を送ると、日菜子は鼻にしわを寄せて笑った。色白の顔が、手に持ったアイスクリームと同じ色に、ほんのりと染まった。

「明日は終業式か」

あずさがコーンに巻かれた白い紙をめくりながら言った。

「めちゃユウウツだよ」

日菜子は針のささった風船が萎むみたいに、みるみる元気を失くす。

「どうして?」

「お母さんの小言がうるさいもん」

日菜子は不満そうに目を伏せた。頬の赤みはすっかり消えている。

「通知表が返ってくるから?」

「あたしが中二になってから、成績成績ってやかましいんだよね」

日菜子は、耳の横で左右二つに結んだ長い髪を左手でくるくるとひねった。

「夏休みが始まるっていうのに、テンションが全然上がらないよ」

大袈裟にため息をついた。

「それはわたしもおんなじ」

そっか、と日菜子は気がついて、

「早くあずちゃんのママが退院できるといいね」

あずさを見て、やわらかくほほ笑んだ。

ママの入院だけならまだいいんだけれど。

あずさは日菜子にそう言いかけて、口をつぐんだ。

ライトに明るく照らされた店内で、アイスクリームを手にした女の子たちは、みんな、おしゃべりに夢中だ。冗談を言い合ってキャッキャッと笑ったり、スマホの画面を覗き合ったりしている。能天気で楽しそうだった。きっと、何の悩みもないんだろうな。あずさには、彼女たちが別の惑星からやってきた生き物のように思えた。

大きな窓ガラスの向こうで、緑の葉っぱが白っぽく光っている。サルスベリの花だけが、場違いな元気さで濃いピンク色に咲き誇っていた。あずさは、アイスクリームのコーンをカリコリッと音をたてて嚙み砕いた。

玄関のドアの脇にパパの自転車が停めてあった。アイスクリームのあまい残り香が、あずさの口の中からすっかり消え去ってしまった。

胃袋が、何かにぎゅっと掴まれたように縮みあがった。

そっとドアを引いた。パパはちょうど靴を脱いで玄関の上がり框に立っているところだった。ふり向いた顔が、うす暗がりの中でも真っ青だとわかった。

「ただいま」

できるだけ元気な声を出した。

でも、もどってきたのは「おかえり」ではなく、「帰ってきちゃったよ」という弱々しい声だった。

パパは冷蔵庫で古くなった魚みたいな目であずさを見る。

「きょうはとりわけ頭が重いんだ」と甘えるように言った。

パパはいつだってあずさに甘えていた。だからパパが頭が重いと言うたびに、あずさの気持ちも重く沈みこんだ。

うつ病。

パパはお医者さんから、うつ病だと診断されている。

家族にうつ病の人がいると、家中に「ゆううつのタネ」が撒かれて、芽が出て、茎が伸びて、どんどん繁殖していく。そんな気がする。

「パパ、二階に上がってベッドで休むといいよ」

「うん、ありがとう」

パパは消え入りそうな声でうなずく。両目に涙を浮かべて、足音も立てずに階段を上がっていった。階段に灰緑色《かいりょくしょく》の葉っぱが揺れている気配を感じた。あずさは「パパの足あとだ」と思った。

午後遅く、ママから電話があった。

「あずちゃん、きょうから点滴が取れたの。だから、あと一週間もしたら退院できるって」

開口一番にママが言った。

「そっちは大丈夫？　今夜の夕食はどうした？」

たたみかけるように訊いてきた。

よかった、ママは元気だ。

「トンカツだよ。ヒナっちとアイスクリームを食べに行ったついでに、スーパーに寄って買ってきた」

「ごめんね。パパにちゃんと食べるように言ってね」

さっきより、うんと弱々しい声だった。

「だいじょうぶ。任せて」

あずさは自信たっぷりに聞こえるように、明るく言った。ママに心配をかけたくない。

夕方、パパがキッチンへ入ってきてだしぬけに言った。

「夕食はいらない」

みけんに一本、深いしわが入っている。

食べられそうにないんだ、とうめくように言って、今にも泣きだしそうな顔になった。

パパはこのところほとんど食事を取れない。

「今夜はトンカツだよ。わたしが買ってきたんだからひと切れぐらい食べてよ」

あずさが励ますように言うと、パパはあやつり人形みたいな不自然な動きで、すとんと椅子に腰かけた。

「ほら、ひと切れ食べて」

あずさの勢いにつられるように、パパはのろのろと箸を手にした。トンカツを口に運び、胸に手を当てて苦しそうにごくりと飲みこんだ。

あずさはパパに意地悪しているような気分になった。

意地悪なんかしたくないのに。

苦しそうなパパの姿なんか見たくないのに。

急いでテレビをつけると、気象予報士が明日も熱中症を警戒するように、呼びかけている。

あずさは、わざと大きな音をたててトンカツを咀嚼《そしゃく》した。お味噌汁をごくごくと飲み込んだ。味なんてわからなかった。

「ごちそうさま」

あずさが食べ終えた時、パパのお皿にはまだ半分以上のトンカツが残っていた。

終わるまで待つべきか？

待てないよ。

待ちたくないよ。

「お皿はあとで洗うからね。ゆっくり食べて」

パパは、いきなり箸を置くと「悪いな。何もできなくて」とかすれた声でつぶやいて、小さく頭を下げた。

あずさはそんなパパが嫌だった。

でもそんなふうに思う自分が、もっと嫌だった。

逃げるようにキッチンを出て、一段飛ばしで階段をかけ上がった。

自分の部屋に入ると、ふうっと大きく深呼吸した。肩から力が抜けた。

音楽が聴きたい、と思った。本棚にママからもらったＣＤが並んでいる。どれもあずさのお気に入りだった。

ビートルズ？　いや、ビートルズはやさしすぎる。ローリング・ストーンズがいい。ローリング・ストーンズは乱暴だ。ミック・ジャガーが歌い始めると、あずさはボリュームのつまみを右に大きく回した。小さな部屋の中いっぱいに、ドラムの音が鳴り響いた。

「おれはそれを黒く塗り潰したい。塗り潰したい。塗り潰す！　塗り潰す！　真っ黒に」

という英語の歌詞を、声に出して歌った。目を閉じ、体を揺らして、大声で歌った。

無性にママに会いたくなった。

2

明日から夏休みだ。

小学生の頃は夏休みといえば、海やプールやかき氷。そして花火に祭りに盆踊りの毎日だった。

どれも思い出の中できらきらした光に包まれて、しゃぼん玉みたいにふわふわと浮かんでいた。

でも、しゃぼん玉はすぐに割れてしまう。

きょうのあたしの心はこの空の色と同じだ。日菜子はねずみ色の空を見上げて、そう思った。雨が降る前のむわっとした湿気で日菜子の首筋はべとべとした。背中のバックパックがいつもよりずっしりと重く感じられる。まっすぐにうちへ帰りたくない。自然に遠回りの道を歩いていた。

「なに、この成績」

それが通知表を手にしたお母さんの第一声だった。

「やる気がないもんね、当然よ」

また、お母さんが決めつける。やる気がない？　なんであたしのやる気を決めつけるの？　これでも睡眠時間を短くして勉強したんだよ。がっかりしてるのはお母さんじゃない。あたしなんだってば。

「今度からテスト前一週間は、テレビもマンガもいっさい禁止よ」

お母さんはキツネみたいに、目をつり上げた。

テレビもマンガも削ってるんだってば。それよりも、お隣の彩《あや》ちゃんみたいにあたしにも家庭教師をつけてよ。でもお母さんには言えないわ。うちは母子家庭だもの。

「とにかく」

お母さんはソファから身を乗り出すようにして言った。

「もう少し成績を上げないと、行ける高校がないわよ」

そう言いながら、日菜子の目をのぞきこんだ。何か言葉を返そうと思ったけれど、うまく口が動かなかった。上くちびると下くちびるが、砂浜に埋まった貝のように、ぴったりとくっついていた。

「もっと勉強やるの、やらないの？　やらないなら、中学を出たら働いてね」

お母さんはそう言い放つと、ソファから立ち上がった。本当にいやんなっちゃうわ、とつぶやきながら、キッチンの流し台の方へ行き、勢いよく水を出して洗い物を始めた。

日菜子のとなりで、妹の杏奈《あんな》がテレビを見ている。いや、見ているふりをして、さっきの会話に聞き耳を立てていたに違いない。

あんただって中学に行けば同じように言われるんだからね。日菜子は妹の横顔を思いきり睨みつけた。杏奈は気づかずに、手を叩きながら画面に向かって大笑いしている。

「あたしとお母さんの話、聞いてた？」

杏奈はテレビ画面を見たまま何も言わなかった。

日菜子はテーブルの上にあるリモコンを手に取って、力任せにぎゅっと電源ボタンを押す。瞬時に画面が真っ暗になった。

「何するのよ、杏奈が見ているのに」

杏奈がほっぺたを脹らませた。

日菜子は妹のおでこを人さし指で軽く弾《はじ》くと、足音をひびかせてリビングを出た。

自分の部屋のドアを力いっぱいに閉めた。バタンと音がした。カーテンを閉めたままの薄暗い部屋のまん中で、日菜子は膝を抱える。

お母さんはあたしのことが嫌いなんだ。

あたしが勉強できないから嫌いなんだ。

両目に涙が滲んだ。体育館の倉庫みたいな薄暗がりの中で、壁際に吊るしてある制服がぼやけて見えた。心の中に担任の先生の顔が浮かんできた。


担任はクラークというニックネームだ。髪をきちんと七三に分けて、色白の小さな顔に大きな黒ぶち眼鏡をかけている。文化祭の映画会で観た「スーパーマン」のクラーク・ケントにそっくりだったので、生徒たちからそう呼ばれていた。

「テストで点を取ることが勉強じゃないぞ」が口ぐせだ。

「勉強は人生を生き抜くためにやるもんだ。君たちが自分の足で人生を歩いていくためなんだぞ」

「ちょっと意味わかんないんですけど」

「カッコつけんなって」

クラスのみんなはまともに取り合わなかったが、日菜子は失いかけたやる気を取り戻せた気がした。

「勉強はいいぞお。頭の中身は誰にも盗まれんからな」

クラークはさらにそう続けて、ニカッと口を横に開いて笑うのだった。

「あっ、クラーク、トトロみたい」

誰かがそう言って、教室中が笑いに包まれた。

日菜子はある時、不意にクラークの顔が思い浮かんだ。すると、胸のあたりがじんとあたたかくなった。

日菜子はあずさにそれを打ち明けた。

「ライバルが多すぎだよ、ヒナっち」

あずさは頭を左右に振って、こめかみを押さえた。

「クラークには、いつだって理沙《りさ》や彩花《あやか》がくっついてるじゃない」

あずさは「取り巻き」たちの名前を挙げた。

「いいの。いいの。地味な花は気づいてもらえなくたって」

日菜子は、鼻先で人さし指をチッチッと横に振った。

「あずちゃん、あたしはこっそり想っているんだ。こっそり想っているのが、性に合っているんだよ」

「そんなんでいいの?」

「うん、いいんだ」

日菜子は顎を上げて胸を張った。心の中に居坐っているさびしさを、小さく折りたたんで封筒に仕舞いこんだ。


ドアの向こうで杏奈の声がした。

「お姉ちゃん、シュークリーム食べない?」

お嬢様のごきげんを伺う召し使いみたいな言い方だった。日菜子は急に杏奈をいじらしく感じて、声を張りあげた。

「食べるっ」

勢いをつけて立ち上がった。カーテンを引いて窓を開けた。分厚い雲がひび割れて、すき間から七月の強くて透明な光が射し込んでいた。夏休みの光だ。きらきらした光だ。

日菜子は空に向かって、トトロみたいにニカッと笑ってみた。

3

「あれ、海人《かいと》?」

あずさは、森の中でアザラシに出くわした探検家のように、すっとんきょうな声をあげた。

まさか、病院のバス停で同じクラスの男子に会うなんて。

海人は薄っぺらな三日月みたいな目を一瞬丸っこくすると、あずさじゃん、と人懐こい笑顔を見せた。顔も首筋も、したたる汗で黒光りしている。

アブラゼミが、ライブハウスのスピーカーのように大音量で鳴いていた。

「なんでここにいるの?」

「じいちゃん」

「じいちゃんって?」

「入院中なんだ」

海人は大きなビニール袋を持ち上げて見せた。

「おっきな袋」

「洗たく物」

「おんなじだ。うちはママ」

あずさもキャンバス地の手提げ袋を持ち上げた。

「まじか」

「じゃなきゃこんなとこにいないよ」

あずさは首をすくめながら笑った。

「よく来てるの？」

「来てねえよ」

つっけんどんに返事をした海人に、

「ほんとは来てるんでしょ」

あずさがもう一度訊いた。

しばらく間をあけて、海人は面倒臭そうに言った。

「ま、バイトをサボれるからな」

「バイト？」

あずさは、大きな目をさらに見開いて、ぽかんとした。

「親父の工場だよ」

言い訳するように言ってから、すぐに自分の胸もとを指さして、

「いちおう、跡取り息子だからさ」

と、声を強めた。

「親父の片うでってやつよ」

自慢げににんまり笑った。

「どうせ雑用係ってところでしょ」

あずさが決めつけるように言うと、

「バレたか」

海人は、すねたように言って口をとがらせた。

「そんなに嫌なの？」

あずさはアヒルみたいな海人のくちびるを見て、プッと吹き出しながら言った。

「だって海人、お勉強も嫌いでしょ」

幼い弟に聞くみたいに、あずさは海人の目をのぞきこむ。

「大嫌い」

海人がきっぱりと答えた。

「じゃあ、何が好きなの？」

「ギター」

「ギター弾くの？」

あずさはちょっと意外に思った。海人は脳味噌まで筋肉の体育会系男子だと思っていたのだ。

「そういえば、きょうはラケット持ってないね」

「持ってねえよ」

「海人は卓球ばっかやってると思ってた」

「卓球なんてお子様のお遊びだよ」

海人は、ばかにすんな、と言って笑った。

「どんな曲が得意？」

「ロックを弾きたい」

「海人には昭和のポップスのほうが似合いそうだけど」

「うるせえ。うちのじいちゃんじゃあるまいし」

ロックと聞いて、あずさは思わず笑顔になった。

「わたし、ローリング・ストーンズが好きなんだ」

海人が、しぶいね、と言ってにこにこしながら続けた。

「おれはね、炭坑節をロック風にアレンジして弾いているんだ」

「田舎くさ」

「どこが。動画サイトで見つけたんだ」

あずさは内心で、すごおい、とびっくりしながら、海人との会話を楽しんでいる自分にも驚いていた。海人は思ったより大人だった。あとでヒナっちに、海人って、ギターで炭坑節のロックバージョン弾いているんだって報告しなくちゃ。

サンダルの裏から、歩道の熱がじわじわとのぼってきた。火にかけられたフライパンの上のバターみたいに、アスファルトが溶けだしそうだった。

パパはどうしているだろう。この暑さのせいで頭が重くなって、うちで寝込んでいないだろうか。そう思うと、あずさの背中に嫌な汗が流れた。

バスがやってきた。エンジンが暑さでゼイゼイと荒い息を吐いていた。

ドアが開くと、二人はつめたい車内に飛びこんだ。バスの中は、冷蔵庫の製氷室並みに冷えていた。

「ああ、涼しい」

「ひやっとするね」

いちばん後ろの席を陣取ると、海人もあずさも、南極に戻ってきたペンギンみたいにほっとした。

「夏休み、どこか行くの？」

「別にどこも。海人は？」

「別にどこも」

海人は、ボイスレコーダーのように、あずさの言葉をそっくりそのまま繰り返した。両手を頭の後ろで組んで、スニーカーの足もとを見ながらつぶやいた。

「小学生の頃は、もっと楽しかったのにな、夏休みって」

「うん、わくわくしなくなった」

あずさは神妙にうなずいてから、遊び相手を見つけたいたずらっ子のように言ってみた。

「ねえ、聞かせてよ、炭坑節」

「なんだよ、いきなり」

海人の目が輝いた。

「実はさ」

海人は一瞬言い淀んでから、

「翔真《しょうま》と二人で、ライブやるんだ」と、宣言するように言った。

「ライブ?」

あずさはびっくりして、不意打ちをくらったネコのように目を丸くした。

「まあ、真似ごとだけどね」

海人は両方の手のひらを「待った」をするみたいにこっちに向けた。

「翔真と?　あの翔真と?」

「そうさ。あいつはベースギターを弾くんだ」

「翔真がベースギター」

翔真は帰宅部で、休み時間にはいつも静かにライトノベルを読んでいるような男子だ。

きょうは驚きっぱなしだ。あずさは仕入れた新ネタを、頭の中のノートに小さな字でぎっしり書きこんだ。ヒナっちに報告する海人がたくさんいる。

バスの窓から大通りを見た。車が青や赤や銀色に光っている。水槽の中の熱帯魚みたいだ。

いつのまにか、あずさも熱帯魚になって水槽の中を泳いでいる気分になっていた。

今年の夏休みは、思ったほど悪くないかもしれない。あずさは、ひんやりした水槽の中でそう思った。

4

夏休みに入って最初の登校日。

日菜子はスキップしたい気分だった。自然に自分の口もとが緩むのがわかった。音楽室へ向かう廊下を、いつもより早足で歩いた。

「あずちゃん」

あずさはピアノの前に坐って、片手でポロンポロンと鍵盤を叩いていた。日菜子の声に手を止めて振り向いた。

「九十六点だったよ」

日菜子がヒマワリみたいににっこりと笑った。

「えっ、補習の小テストのこと?」

「そう」

「やったね」

あずさは坐ったまま、上半身だけ日菜子の方に向いてハイタッチした。日菜子は息をはずませて言った。

「クラークに褒められたんだ」

あずさは黙って片方の眉だけ上げると、日菜子の横顔をじっと見つめた。

「なによ」

短く答えながら、日菜子は自分のほっぺたが熱くなるのがわかった。

「ヒマワリ」

あずさがそう言って、うふふと笑った。

「なによ、ヒマワリって」

「ヒナっち、頭ン中がヒマワリ畑になってるでしょ」

「咲いてないってば、ヒマワリなんて」

日菜子はむきになって否定しながら、あずさの短い髪の毛をくしゃくしゃっとかき混ぜた。

「おっ、ハリネズミだ」

海人が音楽室に入ってくるなり、あずさのぼさぼさの髪を見て大きな口を開けて笑った。

「うるさい」

あずさはあわてて髪を直しながら、ぷいっとそっぽを向く。海人の後ろで、公園の銅像みたいにつっ立っている翔真と目が合った。

「おっ、ベーシストだ」

あずさが茶目っ気たっぷりに言った。

「ちゃんと名前で呼んでくださいよ」

他人行儀な話し方とは裏腹に、翔真の目はうれしそうに笑っていた。

「発表します」

海人がいきなり声を張りあげた。ダラララララと自分でドラムロールの音を真似る。

「おれと翔真のライブは、八月二十日の夕方六時からに決定しました」

「ほんとにやるの？」

「やる」

「ライブって、観客はたった二人でしょ」

あずさが海人の肩をこづいた。

「二人だけでも、観客がいるなら、れっきとしたライブさ」

海人は、かけっこで一等だった幼稚園児みたいに胸を張った。

あずさはやれやれと言うように、両手を肩の高さに上げてみせた。

「ヒナっち、どうする？」

「しかたがないから行ってやるか」

笑って首をすくめた日菜子の耳に、お母さんのキンキンとがった声が聞こえてきた。

「そんな時間があったら、勉強しなさい」

日菜子は慌てて頭からその声を追い出した。

「おい、あずさが聞きたい、って言ったから弾いてやるんだぜ」

海人が三日月の目で笑いながら、げんこつを、あずさの顔の前につき出した。

「どこでやるの」

頭を傾けて拳を避けながら、あずさが聞いた。

「おれんちの屋上」

「屋上あんの？」

おどろく日菜子に、

「海人君ちは工場だから、屋上があるんです」

翔真がのんびりと会話に加わった。

「八月二十日はちょうど花火大会の日だろ」

海人は、翔真とうなずき合いながら言った。

「花火が屋上から見えるの？」

「もちろん」

「やったあ」

海人はもう一度胸を反らした。翔真はうつむいたまま、静かにほほえんでいる。

「ジュースやおかしを、持っていくよ」

日菜子がその場でぴょんぴょんと飛びはねながら言うと、

「サンドイッチも作ろっか」

あずさも乗ってきた。

「おまえら、メインはライブだからね」

まんざらでもなさそうに言って、海人はあずさと日菜子の顔を見比べた。

「でもそのころって、宿題の追い込みだよね」

日菜子が心配そうな顔になった。

「海人君は、お勉強嫌いでしょ？　大丈夫？」

あずさがピアノの椅子で足をぶらぶらさせながら訊いた。

「へっへっ、ほぼ九割」

「終わってるの？」

「いや、残ってる」

翔真が天井を仰いだ。

「跡取り息子でしょ。しっかりしてよ」

あずさも呆れて言った。

「工場の仕事に学校の勉強は関係ない」

「そうかな」

「うちの親父が言うんだから間違いない」

真面目くさって海人が言うと、あずさと日菜子は顔を見合わせて、くつくつと笑い合った。

小さな緑色の昆虫が、ピアノの上に止まっていた。翔真が見つけて、そっと両手で包みこんだ。

「なあに？」

「虫？」

「よく気づいたね」

三人の声を背中に聞きながら、翔真は窓辺まで歩いた。風船みたいに丸めた両手を、窓の外につき出してから、そっと開く。昆虫はきれいな緑色の羽をゆっくりと広げて飛び立った。群青色の水を湛えたプールに向かって飛び立った。小さな丸い背中が、太陽に反射して虹色に見えた。

「あ、光った」

「きれい」

四人は窓から身を乗り出すようにして、小さな光を見送った。

5

夏休みも残り十日ほどになり、夜になると日菜子のマンション裏の草むらでは、虫たちがリリリリ、と寂しげに鳴くようになった。

リビングのテーブルは、やりかけのジグソーパズルのようだった。杏奈の夏休みの日誌や、読書感想文のための原稿用紙、鉛筆、筆箱などでほぼ隙間なく埋められている。

「小学校も中学校も、おばあちゃんの家からすぐなのよ。歩いて五分もかからないんですって」

お母さんはこのマンションを引き払って、おばあちゃん（お母さんのお母さん）の家に引っ越すと、決めたのだ。おばあちゃんは、ここから車で二時間くらいはなれた大きな街に住んでいる。

「向こうのほうが仕事も多いし、おばあちゃんと一緒なら、お母さんも、もっと長い時間働けるでしょ」

「でも急すぎるよ」

杏奈はしくしく泣き始めた。

「ごめんね」

お母さんはまた言った。きょう五回めのごめんね、だ。

「お引っ越しなんてしたくない」

杏奈はだだをこね続けている。

日菜子は電源が入っていないテレビの画面を、同じ姿勢のまま、じっと見つめていた。クラークの顔が浮かんだ。それから、あずさ、海人、翔真の顔も浮かんだ。

大好きな先生がいるのに。

やっとできた仲間がいるのに。

みんな、しゃぼん玉の中できらきらと輝いていた。

でも、しゃぼん玉はすぐに割れてしまう。


日菜子のお母さんは、今、仕事を探している。勤めていた、ショッピングモールの中のブティックが、経営の見直しで撤退してしまった。でも、なかなか次の仕事が見つからなかった。

「四十五歳を過ぎると、就職も難しいわね」

何度も面接を受けては落とされて、ため息をついた。食卓の上には、常に何枚も履歴書が載っていた。

「やっぱり、女も学歴とキャリアがモノを言うのよね」

そして、毎晩のように繰り返すのだった。

「日菜子も杏奈も、しっかりお勉強して、ちゃんと自立できる女性にならなきゃだめよ」

でも、今引っ越すとあたしの受験には不利だよね？　学年の途中で教科書も先生も変わっちゃうなんて嫌だ。お母さんの言葉と行動は矛盾しているよ。日菜子は唇を真一文字に結んだまま、胸の中でぶつぶつ言った。

「夏休みが終わるまではここにいられるから、二人のお友達を呼んで、お別れ会をしましょうね」

お母さんが口元だけで笑って言った。

「あたしは、遠慮しておく」

「一緒にやろうよ、お別れ会」

杏奈はけろりとして、日菜子を誘った。さっきまでだだをこねていた泣きっ面を忘れてしまったのだろうか。日菜子は無邪気な杏奈がうらやましかった。

「ウザイよ。ダサ過ぎ」

気がつくと、自分でもびっくりするぐらい大きな声で言い返していた。

お母さんは日菜子の目をのぞきこんで言った。

「向こうの方が高校もたくさんあるから、ヒナに合う学校を探そうね。お母さんも頑張って情報を集めるから」

「別に。どうでもいいよ」

そう言ったけれど、お母さんと目が合った途端、泣きそうになった。

「どうしてそんな言い方しかできないの」

お母さんの顔も涙をこらえて歪んでいた。

6

「花火大会の日は、サンドイッチを作るのよね？」

ママは先週退院した。まだ、寝たり起きたりの生活だ。きょうも、パジャマ姿でお昼ごはんを食べている。

「うん、だってヒナっちとのお別れパーティーでもあるんだよ。いつもより豪華なスペシャルサンドにしなきゃ」

「ロールサンド?」

「それじゃ、ワンパターンだよ」

「カツサンドは?」

「それは手間が掛かりすぎだよ」


日菜子から、急に引っ越すことになったと聞いた日、あずさは言った。

「わたし、毎日メールする」

「同じ県内だもん、時々会えるよね」

日菜子もうんうん、とうなずいだ。

「外国へ行っちゃうわけじゃないんだからさ」

「電車に乗れば、一時間だよ」

二人で無理やり、安心材料を並べ立てた。

けれども、日菜子がいない教室を思い浮かべると、あずさは深い湖の底に沈んでいくような孤独を感じた。湖はどこまでも深く暗かった。

あずさは頭の中の暗い闇を振り払った。今はライブの夜を盛り上げることだけに集中しよう、と決めた。

「タコスはどうかな」

パパが突然言った。カレーのスプーンを持ったまま、あずさを見つめていた。

「タコス？　メキシコ料理の？　いいじゃない！」

ママが胸の前でパチンと両手を叩きながら言った。

「なあに、それ」

「パパが昔よく作ってくれたじゃない。ほら、あずちゃんのお誕生日の時にも」

「わたしにも作れるかな」

「サンドイッチより簡単さ」

「材料はどこで買えばいい？」

「ひき肉とトマト、レタス、チーズがあれば、他はモールの食材店で揃うよ」

「それなら、二人で一緒に作ったらいいじゃない」

ママがカナリアがさえずるみたいに、うきうきした声で言った。


八月の後半に最後の登校日があった。教室の中は、長い休みが終わる前のけだるい空気が充満していた。みんな、寝そべるように椅子に寄り掛かり、眠たそうな目をしている。

登校したあずさたちは日菜子の席を囲んだ。きょうは日菜子が、クラスのみんなにお別れの挨拶をするのだ。

「ヒナっち、まぶたがパンパンに腫れてるよ」

そう言って笑うあずさの目も、白ウサギのように真っ赤だった。

「急に決まったんですね。びっくりしました」

翔真が言った。

「おれはうらやましいよ。あんな都会に住めるなんてさ」

海人がいつもより高い声で、明るく言った。

「残念ながら、海人に都会は似合わない」

あずさが笑いながらおちょくる。

「全然イケてないもんね」

はれぼったい目で、日菜子も調子を合わせてくすくす笑った。

「あのな」

ふてくされたような声で海人が言った。

「ミュージシャンに対して失礼だぞ」

それから、ちょっと照れ臭そうに、

「二十日はヒナっちのためにスペシャルゲストも呼ぶからさ、期待していいてくれ」

そう言って、日菜子の顔の前に親指を突き立てた。

チャイムが鳴った。日菜子は窓ぎわの席から、青空を見上げた。小学生の時に絵日記に描いたような、白い入道雲が浮かんでいる。縁日で買ってもらった綿菓子みたいだ。このまま夏が終わらなければいいのに、と思った。

ガラガラと大きな音をたてて、教室の戸が開いた。

クラークが入ってきた。

日菜子は背中をまっすぐに伸ばす。制服のリボンの結び目が緩んでいないか、右手でそっと触って確かめた。

7

ＣＤプレーヤーから、曲が流れた。アメリカの人気バンドが「きみのことを忘れないよ」と歌っている。あずさは出来上がったタコスを容器に詰めながら、曲に合わせてハミングした。パパはお昼前からずっとキッチンにいて、あずさといっしょにタコスを作ってくれた。

「野菜はなるべく細かく切ったほうがいいよ」

「たくさん詰めすぎると食べにくいから気をつけて」

パパはにこにこしながらタコスの皮を巻いて見せてくれた。あずさもにこにこしながらタコスを巻いた。ティンカーベルになったみたいに、体が軽やかだった。本物のティンカーベルなら、パパに妖精の粉を振りかけて、この笑顔が永遠に消えないようにできるのに。子供じみた空想に、心の中で苦笑いした。

マンションのエントランスに規則正しく並んでいるポストは、銀紙に包まれたチョコレートみたいだ。この暑さだから、チョコレートならとっくに溶けているだろうか。日菜子は、手にしたハンドタオルで額の汗を拭った。そろそろあずさとの待ち合わせの時間だ。

「楽しんでいらっしゃい」

日菜子に浴衣を着つけながら、お母さんは言ってくれた。日菜子はお母さんを見ないで、小さくうなずいただけだった。ありがとう、ってちゃんと言えばよかったな。引っ越しは嫌だけれど、お母さんがやさしくなったのはうれしい。

ガラスの自動ドアの向こうに、あずさの浴衣《ゆかた》の水玉もようが映った。

「お祭りの時みたいに足が痛くなるのはいやだから、きょうはこれを履いてきた」

ほら、とあずさが自分の足もとを指さした。浴衣の裾から、金魚みたいに真っ赤な合成樹脂の靴先がのぞいていた。

「あの時は、裸足で帰りたいって、あずちゃん半泣きだったもんね」

また一つ、あずさとの思い出が甦り、日菜子は心がちくりと痛むのがわかった。

「着るものはほとんどダンボールに詰められちゃったから、この浴衣引っぱり出すのに大騒動だったよ」

「あさってに決まったんだね」

「家中ダンボールだらけだよ」

日菜子は、今にも降りだしそうな夕立の雲みたいに暗い顔になる。浴衣地の藍色がいっそう濃く見えた。

「モールの中を横切って行ったほうが涼しいね」

あずさの提案に、二人は連れ立って歩き始めた。アイスクリームショップ、ハンバーガー屋、百円ショップ、ゲームセンター。今まで何度も一緒に行った店の前を通り過ぎた。二人はずっとしゃべり続けた。その店にまつわる楽しい思い出話が次々と浮かんで、尽きることがなかった。

日ざしは夏休みが始まるころに比べると、確実に弱まっていた。モールを出ると、太陽は高度を下げて、いよいよ日没の態勢に入っていた。あずさと日菜子の影が、ほてりを残したアスファルトの道路の上に長く伸びた。二人はそこからは黙りこくって歩いた。墨色のカラスが、あえぐように嘴を大きく開けたまま、道路を横切った。

海人の家は一階が工場になっていた。二人が入口に立つと、低く唸る機械のモーター音が聞こえた。かすかな振動が空気を震わせて体にも伝わってくる。すぐ前の庭の木でツクツクボウシが鳴いていた。

外壁に沿って作られた鉄階段の下に、クラークが立っていた。

「うそ」

「なんで?」

あずさと日菜子が、親鳥を見つけたひな鳥のように口々に騒ぎ立てた。

「きょうは海人から、特別に家庭訪問を頼まれてな」

クラークは二人を見て、ニカッと笑った。

「上がれ、上がれ」

階段の踊り場から海人の声が降ってきた。見上げると、翔真も長い腕を伸ばして手招きをしている。三人はカンカンと音を立てて階段を上った。

屋上にはアウトドア用の折りたたみテーブルや、アルミフレームの椅子がいくつも並べてあった。

大きな熟したオレンジみたいな夕日が照っていた。屋上全体が、したたり落ちた果汁を吸って、みかん色に染まっていた。

「見晴らしがいいね」

「暗くなったら、あのビルの向こうに花火が上がるんだぜ」

「持ってきた食べ物を並べようよ」

「飲み物はアイスボックスに入れておいた」

クラークが「差し入れだ」と言ってフライドチキンをテーブルに置くと、わあっと歓声が上がった。

「まずは乾杯しよう」

みんながテーブルを囲んで席に着くと、海人が少し緊張した声で言った。

「ライブと、花火と、ヒナっちに」

「カンパーイ」

日菜子はどんな表情を作ればよいのかわからず、うつむいたまま紙コップを口に運んだ。よく冷えたコーラが喉を通り、胃の中に落ちていった。


「タコス、うまいよ」

「初めて食べた。おいしいね」

「パパに教わったんだよ」

あずさはみんなに褒められて、胸の前でVサインを作った。からっぽになった容器の蓋を閉めながら、心の中でパパにもVサインを送った。日菜子がにっこりと笑いながらあずさを見た。

声を出さずに口だけ動かして「よかったね」と言ってくれた。

いつかヒナっちに、パパの話を聞いてもらおう。そう思ったら、心の中に積み重なった小石が少し減った気がした。


ひとしきり食べると海人が言った。

「きょうは、名づけて『ヒナっち、元気でがんばれよライブ』です」

パチパチと拍手をしながら、日菜子の両目がみるみる涙で膨らんだ。

「そんな淋しそうな顔するなよ」

クラークは少し腰を落として、目線が日菜子と同じ高さになるようにして言った。

「別れは出会いの始まり、なんだよ。別れがあるってことは、次の新しい世界で出会いが待っているってことさ」

「そうだよ、ヒナっち」

「がんばれ、ヒナっち」

「英語にはこんな言葉もあるぞ。『新しい友は銀なり、古い友は金なり』ってな」

「またクラークが語っちゃってるよ」

「じゃあぼくたちには金の価値があるってことですね」

「ヒナっち、来年もまたここで花火見ようぜ」

しゃぼん玉はすぐに割れる。

でもまた、吹けばいい。何度でも吹けばいいのだ。

日菜子は涙が落ちないように、藍色になった空を見上げながら言った。

「よしっ。炭坑節踊ろう」

「そのために浴衣着たんだもんね」

「二人ともよく似合っているぞ」

よく似合っている。クラークはそう言った。苦労して浴衣を引っぱり出した甲斐があった。

日菜子はうれしさで耳たぶが熱くなった。

「同感です」

翔真は目を伏せたまま、ぼそりとつぶやいた。翔真の耳たぶもほんのりと紅かった。

「いや、いや、いや」

海人が異議あり、と言わんばかりに片手を挙げる。

「どう見たって縁日に来た小学生じゃね?」

海人は両手を双眼鏡のように丸めて目元に当てると、あずさと日菜子を眺めるような仕草をした。

「お子ちゃまに言われたくないよ」

あずさがぴしゃりと言い返す。海人はアヒルの嘴みたいにくちびるを尖らせてパクパクさせた。

「ほらね、やっぱり」

あずさが呆れたように頭を振った。

海人があっさりと認めたので、みんながどっと笑った。あずさと日菜子は笑いながら泣いた。

「ですよねえ」

「よし、弾くぞ」

海人と翔真はギターを手にして立ち上がった。二人が奏でるギターの音が、アンプを通して、宵闇の空に広がった。一番星が光っていた。星の真下を電車が走っていく。あさってから日菜子が住む街へと走っていく電車だ。

あとがき

小学校の四年生だったか、五年生だったか。信州黒姫高原でのサマーキャンプに参加した。各ロッジにお世話役の若いお兄さんやお姉さんが何人かいて、夕食の後には一緒にトランプをしたり、怪談話を聞かせてくれたりした。でもわたしは生まれて初めて親元を離れた緊張感でどきどきして、いまひとつ皆の輪の中に入れなかった。そんな時、一人のお姉さんがわたしに声を掛けてきた。

「手相を見てあげようか」

手相。未来を占う、魅惑的な大人の世界。少なくともその時のわたしにはそう思えた。わたしは未知の世界への扉をこっそり開いてのぞき見をするように、恐る恐るお姉さんの前にちいさな手のひらを差し出した。

お姉さんはその手をそっと掴んで、じっとわたしの手のひらに刻まれた皺を見つめる。わたしは息を潜めてお姉さんの言葉を待った。

「子供は二人。あなたは途中で大病をするけれど長生きするわよ」

目を細めてそんな風につぶやいた。そして最後に、黒縁の眼鏡を押し上げながら断言した。

「あなた、文章を書く人になると出ている。小説家に向いているよ」

ふうん。そうなんだ。「芸能人になれるよ」と言われたのと同じくらいの現実感のなさだった。お姉さんのことさらに自信たっぷりの言い方にどぎまぎした。

最後の晩には、ロッジの皆でしおりにメッセージを書き合った。黒縁眼鏡のお姉さんは、わたしからしおりを受け取るとにっこりと笑った。

『将来、女流小説家になるのを楽しみにしています』

あのしおりを取っておけばよかった。流れるような達筆で書かれた墨蹟までありありと思い出せるのは、やはりあの時、わたしはとてもうれしかったのだろう。

あれからおよそ五十年。わたしは小説を書いている。蚕が桑の葉から作りだした生糸を吐いて繭を作るように。仏師が自らの心と対峙しながら黙々と菩薩を彫るように。世の中の片隅で生きる誰かに、ちいさな祈りが届きますようにと願いながら。

ちなみにわたしは子供を二人産んだ。そして、大病、と言えるかどうかはわからないけれど長く付き合っている持病がある。そして遅まきながら細々と小説を書いている。女流小説家？さて？　でも、お姉さん、あなたの予言通りわたしはこれからも書き続けます。

末筆ながら拙著を出版するにあたり、五十の手習で創作を始めたわたしを根気強く指導してくださった荻原雄一先生に最大の謝辞を。これからも「読者を納得させるのが論文、感動させるのが文学」という教えに近づけるよう精進します。

また文芸社の小野幸久、伊藤ミワ両氏には大変お世話になりました。お二人の尽力が無ければ、このような単行本化は実現しませんでした。心より謝意を申し上げます。

二〇二三年　母がいない四度目の夏に

椎名　ゆき

著者プロフィール
椎名 ゆき（しいな ゆき）
1962年　愛知県名古屋市生まれ
1982年　南山短期大学人間関係科卒業
1987年　米国ルイスアンドクラークカレッジ語学留学
2018年　「水玉もようの熱帯魚」で愛知県教育振興会児童文学賞受賞
トライデント外国語専門学校・中日文化センター・㈱カルチャー・児童英語教室・公立小学校放課後子ども教室等講師
東京作家クラブ会員
犬よりも『猫』、キャンディよりも『キャラメル』、新作映画よりも『古い映画』を愛する

「水玉もようの熱帯魚」は2018年11月に公益財団法人愛知県教育振興会より発行されたあいち・読書タイム文庫『カナとイセタの宝石探し』に収録された毛利雪枝名義の作品に加筆・修正したものです。

スミレはカヲル

2024年１月15日　初版第１刷発行

著　者　椎名 ゆき
発行者　瓜谷 綱延
発行所　株式会社文芸社
〒160-0022　東京都新宿区新宿1－10－1
電話　03-5369-3060（代表）
03-5369-2299（販売）

印刷所　図書印刷株式会社

ISBN978-4-286-24835-6